Deseo™

Exigencias de pasión

ANDREA LAURENCE

WITHDRAWN

H HARLEQUIN™

Editado por HARLEQUIN IBÉRICA, S.A.
Núñez de Balboa, 56
28001 Madrid

I.S.B.N.: 978-84-687-3181-0
Depósito legal: M-16562-2013
Editor responsable: Luis Pugni
Fotomecánica: M.T. Color & Diseño, S.L. Las Rozas (Madrid)
Impresión en Black print CPI (Barcelona)
Fecha impresion para Argentina: 10.2.14
Distribuidor exclusivo para España: LOGISTA
Distribuidor para México: CODIPLYRSA
Distribuidores para Argentina: interior, BERTRAN, S.A.C. Vélez
Sársfield, 1950. Cap. Fed./ Buenos Aires y Gran Buenos Aires,
VACCARO SÁNCHEZ y Cía, S.A.

Capítulo Uno

Wade odiaba la nieve. Siempre la había odiado. Un hombre nacido y criado en Nueva Inglaterra solo tenía dos opciones: o acostumbrarse o marcharse. Pero él no había hecho ninguna de las dos cosas. En noviembre, cuando empezaban a caer los primeros copos, una parte de él se marchitaba hasta la llegada de la primavera. Por eso había planeado unas vacaciones en Jamaica una semana antes de Navidad, como siempre. Pero la repentina llamada de su hermana adoptiva, Julianne, lo había cambiado todo.

No había tenido más remedio que decirle a su secretaria que cancelara el viaje. No obstante, a lo mejor podía aprovechar la reserva después de Navidad. Podía pasar el día de Año Nuevo en la playa, bebiendo algo espumoso, lejos de los problemas.

El todoterreno avanzaba por la carretera que llevaba a la granja de árboles de Navidad Garden of Eden. Wade prefería conducir su deportivo, pero la Connecticut rural no era el lugar más adecuado para un vehículo de ese tipo, así que lo había dejado en Manhattan.

Al ver el enorme cartel con forma de manzana roja que señalaba la entrada a la granja de sus padres adoptivos, Wade respiró, aliviado. Hasta ese momento no se había dado cuenta de que estaba conteniendo el aliento. Incluso en esas circunstancias tan poco halagüeñas, volver a casa siempre le hacía sentir mejor.

La granja era el único hogar que había tenido. Ninguna de las otras casas de acogida en las que había estado podía llamarse «hogar». No tenía ningún recuerdo de haber vivido con su tía abuela, y tampoco recordaba a su madre, con la que había pasado muy poco tiempo. Pero Garden of Eden era justamente eso: el paraíso; sobre todo para un chico huérfano, abandonado, que podría haberse convertido fácilmente en un criminal en vez de llegar a ser un empresario de éxito, dueño de una próspera inmobiliaria.

Los Eden lo habían cambiado todo, no solo para él, sino también para el resto de chicos que habían vivido allí. Le debía la vida a la pareja. Eran sus padres, sin duda alguna. No sabía quién era su padre y su madre lo había dejado en la puerta de su tía cuando no era más que un recién nacido. Cuando pensaba en un hogar, y en la familia, pensaba en la granja y en la familia que los Eden habían creado.

Solo habían podido tener un hijo propio, Julianne. En otra época soñaron con tener una casa llena de niños que algún día llegaran a dirigir el negocio familiar, pero al ver que los niños no llegaban, reformaron un viejo granero, perfecto para chicos traviesos, y empezaron a acoger a niños huérfanos.

Wade había sido el primero. Julianne todavía llevaba coletas cuando había llegado a la casa. Iba con su muñeca favorita a todas partes.

Hubiera deseado tener que visitarlos por otro motivo. Defraudar a sus padres era el peor error que podía cometer, incluso peor que el que había cometido quince años antes, el que le había metido en ese lío.

Wade entró en el camino principal que llevaba a la casa, atravesó el aparcamiento y tomó el sendero estrecho que rodeaba la casa por detrás. Era viernes a media tarde, pero por lo menos había diez coches de clientes. Era el veintiuno de diciembre. Solo faltaban unos días para Navidad. Su madre, Molly, estaría en la tienda de regalos, ofreciendo galletas, dulces, sidra y chocolate caliente a la gente mientras esperaban a que Ken o algún otro empleado les empaquetara el árbol.

Wade sintió un deseo repentino de talar árboles para después meterlos en los coches. Lo había hecho durante toda la adolescencia y mientras estudiaba en Yale, todas las Navidades. Pero lo primero era lo primero. Tenía que ocuparse del asunto que le había llevado allí.

La llamada de Julianne había sido totalmente inesperada. Ninguno de los chicos visitaba la granja con frecuencia, y tampoco se veían mucho entre ellos. Estaban todos muy ocupados con sus prósperas vidas. Los Eden les habían ayudado a triunfar, pero el éxito hacía que fuera fácil olvidar lo importante que era sacar tiempo para la familia.

Cuando Julianne se presentó en la granja para

Acción de Gracias, sin previo aviso, se llevó una buena sorpresa. Su padre, Ken, se estaba recuperando de un ataque al corazón. No habían llamado a ninguno de los chicos porque no querían preocuparles, ni tampoco querían que alguno de ellos fuera a pagar las costas de la hospitalización.

Wade, Heath, Xander, Brody... Cualquiera de ellos podría haber pagado las facturas, pero Ken y Molly insistían en que lo tenían todo bajo control. Desafortunadamente, la solución que habían encontrado había sido vender unas cuantas parcelas de tierra que no podían usar para plantar árboles. Los Eden no entendían por qué los chicos estaban tan molestos, y estos no podían decirles la verdad a sus padres. El secreto debía permanecer enterrado en el pasado. Y Wade estaba allí para asegurarse de ello.

Con un poco de suerte, podría llevarse uno de los cuatro por cuatro. Iría al lugar y recuperaría la tierra antes de que Molly llegara a averiguar qué se traía entre manos. No mantendría en secreto la compra, pero era mejor no preocuparse mucho por el tema hasta que estuviera todo hecho.

Wade encontró la casa vacía, tal y como era de esperar. Dejó una nota en la mesa de la cocina, se puso el abrigo, unas botas, y salió a buscar uno de los cuatro por cuatro. Podría haber ido en el todoterreno, pero no quería aparecer en el lugar con un coche caro.

Heath y Brody habían estado en la granja después de que Julianne les diera la noticia. Habían recopilado toda la información que habían podido y así habían averiguado que la persona que había comprado la parcela más pequeña ya estaba viviendo en el lugar, en una especie de tienda de campaña. Eso no sonaba del todo mal. A lo mejor necesitaban el dinero más que la tierra, pero si llegaban a pensar que un tipo rico intentaba echarles, entonces se negarían en rotundo, o subirían el precio.

Wade condujo el cuatro por cuatro por el viejo camino que atravesaba la granja. Después de haber vendido treinta y cuatro hectáreas, a los Eden todavía les quedaban ochenta. Casi toda la propiedad estaba llena de árboles de bálsamo y abetos de Fraser. La zona del noreste era escarpada y rocosa. Nunca habían podido plantar árboles en esa zona, así que no era de extrañar que Ken hubiera optado por venderla.

Cuando dobló la esquina del sendero y se acercó al borde de la finca, ya eran casi las dos y media de la tarde. El cielo estaba despejado y los rayos del sol se reflejaban en la nieve, produciendo un resplandor cegador. Aminoró un poco la velocidad y sacó el mapa que Brody había descargado de Internet. Las treinta y cuatro hectáreas que sus padres habían vendido estaban divididas en dos partes enormes y una más pequeña. Mirando el mapa y comparándolo con la localización del GPS de su teléfono, veía que justo encima de la elevación estaba la propiedad más pequeña, de cuatro hectáreas solamente. Estaba casi seguro de que era esa la que buscaba.

Dobló el mapa y miró a su alrededor, buscando

alguna señal. Había escogido a propósito un lugar que pudiera recordar más tarde. Recordaba un arce torcido y una roca que parecía una tortuga gigante. Escudriñó el paisaje. De repente parecía que todos los árboles estaban torcidos, y todas las rocas estaban enterradas bajo metro y medio de nieve. Era imposible saber con certeza si esa parte de la propiedad era la que buscaba.

Pensaba que iba a reconocer el lugar en cuanto lo viera. Aquella noche, acontecida quince años atrás, estaba grabada con fuego en su memoria, por mucho que se esforzara en olvidarlo todo. Era uno de esos momentos que cambiaba la vida. Había tomado una decisión sin saber si era buena o mala, y luego había tenido que vivir con ella.

No obstante, Wade estaba seguro de que esa era la zona que buscaba. No recordaba haberse alejado tanto hasta llegar a las otras parcelas. Tenía demasiada prisa como para extraviarse por la finca durante la noche, intentando buscar el sitio perfecto. Vio otro arce. Estaba más torcido que los demás. Tenía que ser ese. Tendría que recuperar la tierra y esperar a que llegara la primavera. Solo entonces podría ver la roca con forma de tortuga y saber que había comprado la finca correcta.

Abriéndose camino entre la nieve, siguió subiendo por la pendiente y entonces empezó a descender hacia un claro. No muy lejos se divisaba una especie de reflejo plateado.

Se acercó más y se dio cuenta de que era el sol, que se reflejaba en las placas de aluminio de un viejo tráiler Airstream. Seguramente era posible broncearse aprovechando los rayos que se reflejaban en las paredes del destartalado vehículo. A su lado había una vieja camioneta, para remolcar ese monstruo.

Wade se detuvo y apagó el motor. No había indicios de vida dentro del vehículo. Brody había buscado en Internet y había averiguado que el nuevo dueño era un tal V. A. Sullivan. Cornwall era una ciudad pequeña, y Wade no recordaba haber conocido a ningún Sullivan en el colegio, así que debían de ser nuevos en la zona.

Era mejor así, de hecho. No tenía por qué vérselas con nadie que le recordara su época más gamberra, antes de llegar a la casa de los Eden.

Sus botas aplastaban la nieve, se hundían en ella… Llegó hasta la puerta redondeada. Tenía una pequeña ventana.

No se oía ni se veía nada al otro lado. Había ido hasta allí para nada. Estaba a punto de dar media vuelta cuando oyó el clic del seguro de una escopeta. Giró la cabeza, siguió la dirección del sonido y de repente se encontró en la mirilla del arma. La mujer estaba a seis metros de distancia, escondida bajo un grueso abrigo y un gorro de punto. Las gafas de sol le ocultaban la mayor parte del rostro. Algunos mechones pelirrojos le asomaban por debajo del gorro. El viento los agitaba. El color le llamó la atención de inmediato. Mucho tiempo atrás, había conocido a una mujer que tenía el pelo de ese color.

Levantó las manos. Fue un acto reflejo. Recibir un tiro de una especie de guerrillera no entraba en sus planes para ese día.

–Hola –exclamó, intentando sonar lo más amigable posible.

La mujer vaciló. Bajó el rifle ligeramente.

–¿Puedo ayudarle?

–¿Es usted la señora Sullivan?

–Señorita Sullivan. ¿Y a usted qué le importa?

–Me llamo Wade Mitchell. Quería hablarle de la posibilidad…

–¿Ese constructor cabeza hueca y arrogante que se llama Wade Mitchell?

La mujer dio unos pasos adelante. Wade frunció el ceño.

–Sí, señora, aunque yo no usaría esos adjetivos. Quería ver si estaría interesada en…

El rifle volvió a apuntarle de nuevo.

–Ah, maldita sea. Te parecías mucho, pero pensé… ¿Por qué iba a estar Wade Mitchell en Cornwall tratando de arruinarme la vida después de tanto tiempo?

–No tengo intención de arruinarle la vida, señorita Sullivan.

–Fuera de mis tierras.

–Lo siento. ¿Le he hecho algo?

Wade se esforzó por recordar. ¿Había salido con alguna chica que se apellidara Sullivan? ¿Le había dado una paliza a su hermano?

La mujer echó a andar hacia él, sin dejar de apuntarle en todo momento. Se quitó las gafas para verle mejor. Debajo de toda aquella ropa se escondía un precioso rostro con forma de corazón y unos ojos muy claros. Le atravesó con la mirada, como si le retara a recordarla.

Afortunadamente, Wade tenía una memoria excelente, lo bastante buena como para saber que estaba en un buen lío. La pelirroja que tenía delante era una mujer difícil de olvidar. A lo largo de los años lo había intentado mucho, pero de vez en cuando ella se colaba en sus recuerdos y le atormentaba durante el sueño con esos ojos azules penetrantes, unos ojos que reflejaban el dolor de una traición que no podía entender.

La dueña de la finca era Victoria Sullivan, arquitecta, ecologista, activista, la mujer a la que había echado de su empresa siete años antes.

Wade sintió que el estómago le daba un vuelco. De entre todas las personas que podían haber comprado la finca, tenía que ser ella... Era la primera persona a la que había echado de la empresa. En aquel momento no quería hacerlo, pero realmente no había tenido elección.

La política de su empresa y el código ético que aplicaban eran muy estrictos... Ella no se había tomado muy bien la noticia y era evidente que aún estaba furiosa por ello. Ese rifle no dejaba lugar a dudas.

–¡Victoria! –exclamó Wade con una sonrisa, tratando de sonar sorprendido después de tanto tiempo–. No tenía ni idea de que estabas viviendo aquí ahora.

–Señorita Sullivan.

Wade asintió.

–Claro. ¿Podría dejar la escopeta, por favor? No estoy armado.

–No lo estará cuando venga la policía.

Su voz sonaba tan fría y cortante como el hielo, pero finalmente bajó el arma.

Pasó por delante de él y se dirigió hacia la puerta de la caravana, la abrió y subió las escaleras.

–¿Qué quiere, señor Mitchell? –le preguntó, deteniéndose en el último escalón y dándose la vuelta hacia él.

Wade se dio cuenta enseguida de que tenía que cambiar de táctica. El plan original era decirle que quería la propiedad para uno de sus proyectos de desarrollo. Pero si le decía eso a Victoria, ella se negaría a vender para arruinarle el plan. Tendría que recurrir a otra estrategia.

–Señorita Sullivan, me gustaría comprarle esta finca.

Tori estaba sobre los escalones. La furia se desataba lentamente. Ese hombre estaba decidido a arruinar todo lo que era importante para ella. Le había arrebatado su reputación, y casi había acabado con su carrera. La había acusado de cosas horribles y la había echado a la calle. Gracias a él había perdido su primer apartamento.

–No está a la venta –entró y cerró dando un portazo.

Se estaba quitando el abrigo cuando oyó cómo se abría la puerta a sus espaldas. Dio media vuelta y se lo encontró en la cocina. Se había quitado el abrigo y el gorro. Estaba allí parado, con una camisa verde que hacía juego con los ojos intrigantes y oscuros. Como acababa de quitarse el gorro, tenía el pelo, corto y moreno, alborotado.

Sin vacilar, agarró el rifle de nuevo. En realidad estaba cargado con casquillos llenos de perdigones reciclados. Siempre lo llevaba consigo por si tenía que asustar a algún animalito extraviado. La semana anterior había visto un oso negro. Esos balines de caucho asustaban a los animales sin llegar a hacerles daño. Con un poco de suerte, cumplirían la misma función con Wade Mitchell.

–¿Le importaría salir fuera un momento? He gastado mucho dinero reformando esta caravana y no voy a ensuciarla pegándole un tiro aquí dentro.

Wade esbozó una sonrisa que la hizo sonrojarse. Solía ocurrirle lo mismo cada vez que él pasaba por delante de su cubículo y le daba los buenos días. Acababa de salir de la universidad por aquel entonces y se había dejado impresionar mucho por aquellos dos jóvenes rebeldes con su inmobiliaria de éxito: Alex Stanton y Wade Mitchell.

–Señorita Sullivan, ¿podemos hablar del tema sin que me amenace con pegarme un tiro constantemente?

–No hay nada de qué hablar.

Tori mantuvo el rifle en una mano y se quitó el gorro y la bufanda con la otra. Se estaba asando por

13

dentro, y no era por culpa de la nueva calefacción de propano.

–Y no es de buena educación irrumpir en una casa sin ser invitado a entrar, así que se merece que le pegue un tiro.

–Me disculpo –le dijo él, poniendo el abrigo sobre el asiento de la mesa de comer–. Pero necesito hablar de este tema hoy.

Tori no estaba dispuesta a vender ni un ápice de tierra. Le había costado muchos años adquirir la propiedad.

Su investigación genealógica era lo que la había llevado al lugar en un primer momento, pero nada más ver la finca se había dado cuenta de que era allí donde quería construir su hogar.

Disponía de un par de meses libres entre proyecto y proyecto para empezar a construir su casa. Por fin tenía la oportunidad, el dinero y el tiempo para hacer lo que quería, y no estaba dispuesta a dejar que nadie lo arruinara todo.

–Sé que estás acostumbrado a hacer lo que te da la gana, Mitchell, pero me temo que esta vez no va a ser posible.

Justo en ese momento la tetera eléctrica empezó a sonar y a echar vapor. Tori fue a apagarla de inmediato. Cuando se volvió hacia Wade nuevamente, este se había sentado frente a la mesa.

Suspirando, la joven bajó el arma. Era difícil preparar té con una escopeta pesada en la mano.

–¿Te puedo preguntar cuánto pagaste por la tierra?

–No puedes, aunque estoy segura de que la información se puede conseguir en algún registro público. Seguro que alguno de esos secuaces corporativos a los que no has echado te lo puede buscar.

Sacó dos tazas del armario, echó el té suelto en dos infusores y los metió en las tazas y vertió el agua caliente.

–Apuesto a que fueron unos ciento veinticinco mil. Aquí no hay instalación de agua y luz todavía.

Tori prefirió no mirarle a la cara. Estaba claro que un agente inmobiliario podía acertar el precio con un margen de unos pocos dólares.

–¿Y qué?

–Pues te ofrezco el doble de lo que pagaste.

El bote de miel que Tori tenía entre las manos se le cayó al suelo. Afortunadamente, no se rompió. Se agachó para recogerlo, pero él fue más rápido. Ella le miró. Estaba a unos centímetros de distancia. Y la hacía sentir un cosquilleo en el estómago. Tomó el tarro de sus manos y sus dedos se rozaron accidentalmente.

Tori se puso en pie de golpe, como si se hubiera quemado. Sacó los infusores, echó una pizca de miel en cada taza y le puso su té delante. Se sentó al otro lado de la mesa.

–Eso es absurdo. Escondes algo. Tú eres el tipo que construyó edificios baratos y los vendió por una fortuna. No me creo que pagues ni un centavo más de lo necesario para sacar beneficio del proyecto que tengas pensado para este lugar.

Wade se volvió y la miró a los ojos.

–No voy a construir nada aquí. No se trata de dinero.

Tori resopló.

–No te haces millonario antes de los treinta a menos que nazcas en una cuna de oro, o si vives por y para el dinero.

Wade se quedó mirándola. Bebió un sorbo de té antes de contestar.

–Se trata de la familia. Eso es más importante para mí que el dinero. Esta propiedad pertenecía a mis padres. La vendieron sin decírnoslo a mí y a mis hermanos. Jamás les hubiéramos dejado hacerlo. Trabajaron muy duro toda su vida para tener esta tierra. Nosotros crecimos aquí. Nuestra infancia transcurrió aquí. Si hubiéramos sabido que tenían problemas financieros, nos hubiéramos ocupado de todo.

Tori sintió que se estaba dejando llevar por aquella historia tan conmovedora. La expresión de su rostro parecía sincera. Las palabras sonaban convincentes. Pero ese era el mismo hombre que la había elogiado para después echarla al día siguiente. Ryan también parecía sincero, pero casi todo lo que le había dicho durante dos años era mentira.

Tori había pensando siempre lo mejor de los demás. Pero la vida le había enseñado otra cosa. Wade le había enseñado otra cosa. La había oído declararse inocente una y otra vez y le había dado la espalda No la había creído. ¿Por qué iba a creerle a él en ese momento?

La gente que le había vendido la finca, Molly y

Ken Eden, eran una pareja encantadora. Era imposible que hubieran podido engendrar a un hijo como Wade Mitchell. Ni siquiera tenían el mismo apellido.

Además, no necesitaba el dinero de Wade. La vida le sonreía por fin y había llegado a ser una de las arquitectas ecologistas más prestigiosas de los Estados Unidos. Tenía varios proyectos grandes y exitosos en Seattle, Santa Fe y San Francisco, e iba a cerrar un negocio en Filadelfia a comienzos del año siguiente. Le iba lo bastante bien como para permitirse el lujo de reírse de su oferta, pero por otro lado sentía curiosidad por ver hasta dónde era capaz de llegar.

–¿Y si te digo que te la vendería por medio millón?

Wade ni se inmutó.

–Sacaría mi chequera y firmaría para que pudieras encontrar una finca mucho mejor. Todos quedaríamos contentos. Te aseguro que no hay nada más importante para mí que cuidar de mi familia y preservar mi pasado.

–Ya veo que eres muy bueno –dijo ella, asintiendo y contemplando la taza de té en vez de mirarle a la cara–. ¿Has practicado mucho el discurso o ha sido todo improvisado?

Wade se puso rígido.

–¿Todo esto es porque te eché hace unos años?

–Claro que sí. No me gusta que pongan en entredicho mi reputación y me cuestionen de esa manera.

17

–No estabas muy preocupada por tu reputación cuando te acostaste con uno de los proveedores y pusiste en peligro mi empresa.

–No me acosté con nadie. Ya te dije entonces que no hice ninguna de las cosas de las que me acusaste. Nada ha cambiado. Que no me creyeras no significa que no te dijera la verdad.

–Eran acusaciones muy serias. Y yo tenía que estar a la altura. Hice lo que tenía que hacer.

–Y yo estoy haciendo lo que tengo que hacer ahora. Me quedo esta finca. Es mía. Que esté resentida contigo o que me moleste lo que hiciste es irrelevante.

–No se trata de mí o de tu maldito orgullo. Se trata de Ken y de Molly Eden, y de todo aquello por lo que han trabajado. Quiero devolverles lo que es suyo.

Tori se irguió y le atravesó con la mirada.

–Querrás decir… mío. Firmé esos papeles, no les puse una pistola en la cabeza para que me vendieran la parcela.

–No me hubiera sorprendido nada si lo hubieras hecho –dijo Wade, mirando la escopeta.

–No sé si eres su hijo o no, señor Mitchell, pero déjame decirte que si lo eres de verdad, entonces tuvieron muy mala suerte. Me hablaron del problema de corazón de Ken y de todo lo que han tenido que gastar en médicos. ¿Dónde has estado? ¿En Manhattan? ¿Preocupándote por hacer más dinero?

–Esto no acaba aquí –dijo él. Agarró su abrigo y salió a la fría noche de diciembre.

Capítulo Dos

Wade recordaba muy bien a Victoria Sullivan. Era una chica lista y preciosa. Y al parecer también era la mujer más exasperante y testaruda que había conocido jamás. Regresó al cuatro por cuatro y se detuvo un instante, dejando que el frío se le colara en los huesos. Cuando por fin recuperó el control, se puso el abrigo, subió al vehículo y salió derrapando a toda velocidad.

Victoria había sido uno de sus mejores arquitectos. La había contratado nada más salir de la universidad. Por aquel entonces la empresa aún era muy pequeña y Alex y él gastaban más de lo que ganaban. Ella había contribuido a que los primeros proyectos fueran todo un éxito. Incluso había pensado en invitarla a cenar en alguna ocasión. Pero un buen día su secretaria la había visto en un restaurante, demasiado acaramelada con un proveedor. Al parecer la había oído mencionar algo acerca de un nuevo contrato, y la implicación estaba clara. La había echado en el acto, pero una parte de él no podía sino arrepentirse. Y no solo por lo preciosa que era…

Hubiera querido creerla cuando se declaraba inocente. La mera idea de que pudiera estar con otro le volvía loco. Pero la parte más lógica de su cerebro estaba llena de furia. ¿Cómo se había atrevido a manipular un contrato de esa forma? Acostarse con un contratista en potencia era tan malo como aceptar sobornos.

–Arrogante y burra –dijo en voz alta, girando para entrar en el camino principal flanqueado por árboles que llevaba a la entrada.

Se creía que lo sabía todo, pero había olvidado que Wade Mitchell, rico, poderoso, implacable y tenaz, estaba hecho de la misma pasta. Recuperaría la tierra y protegería a su familia a toda costa.

Se detuvo bruscamente. Una vieja camioneta, decorada con luces de Navidad y guirnaldas, acababa de parar delante. En la caravana que remolcaba iba una pequeña multitud. Sentados sobre alpacas de heno, cantaban villancicos. El conductor, Owen, levantó una mano para saludar a Wade y continuó hacia la casa.

Escoger un árbol en Garden of Eden era toda una experiencia. Los fines de semana de diciembre, la granja era una locura. Y así tenía que ser. Una buena parte de los ingresos se hacían en ese mes. Hacían otras cosas a lo largo del año, pero Navidad era la época fuerte.

Sin embargo, el negocio no había ido muy bien en los años anteriores y Wade se culpaba por ello.

Al marcharse sus hijos, los Eden habían tenido que contratar ayuda externa. Owen siempre había trabajado en la granja, pero a medida que pasaban los años, se necesitaba más personal. Los gastos aumentaban por momentos y las facturas hospitalarias eran interminables. Además, los árboles artificiales, cada vez más realistas, les estaban ganando terreno. Los Eden tenían mucha suerte de haber sobrevivido tanto tiempo.

Wade siguió a la camioneta hasta la casa y entonces giró para aparcar. La granja cerraría pronto, así que fue directamente a la zona de empaquetado de árboles. Su padre estaba allí con un par de adolescentes. Estaban midiendo, taladrando y empaquetando todos los árboles que habían escogido los últimos clientes.

Como si jamás se hubiera ido de allí, Wade agarró un árbol, le quitó todas las ramas sueltas, y ayudó a su padre a prepararlo.

—Ya veo que no has perdido el talento, chaval. ¿Buscas trabajo?

Wade sonrió.

—Podría trabajar durante una semana. Después tengo que volver.

—Muy bien. Para entonces ya habremos cerrado.

Ken levantó el árbol y se lo dio a uno de los chicos.

—Me alegro de verte, hijo —dijo, abrazando a Wade.

—Yo también, papá. ¿Es el último árbol de hoy?

—Sí. Has llegado en el momento justo, cuando ya hemos terminado todo el trabajo duro. Ven y ayúdame a llevar todos esos árboles al aparcamiento y después vamos a ver a tu madre.

Wade agarró un árbol con cada mano y siguió a

su padre a través de la nieve hasta el aparcamiento. Le observó con atención. Era difícil encontrar síntomas de mala salud mientras le veía cargar árboles para colocarlos en los maleteros y en las bacas de los coches. Todavía no había cumplido los sesenta y siempre parecía estar en muy buena forma. Tenía el pelo casi blanco ya, pero sus ojos azules seguían tan despiertos como siempre.

–No me pasa nada, así que deja de buscar –Ken agarró el último árbol y lo colocó en la camioneta que esperaba por él.

–No buscaba nada.

Wade le siguió y esperó a que el vehículo se marchara.

–Mentiroso. Todo el mundo ha estado haciendo lo mismo desde que tu madre le dijo a Julianne que había tenido ese maldito ataque al corazón. No fue para tanto. Me han dado unas pastillas. Estoy bien. Fin de la historia. No te sientes a ver si me caigo muerto en cualquier momento para heredar este sitio.

Ambos se rieron a carcajadas.

–Te veo bien, papá.

–Sí –Ken le dio una palmada en la espalda a su hijo y echó a andar hacia la tienda–. La mayor parte de los días me siento bien. Solo me estoy tomando las cosas con un poco más de calma. Soy consciente de mi edad. Es la realidad. El ataque me pilló por sorpresa. Me pasó de repente. Pero entre las pastillas y tu madre, siempre empeñada en darme gachas y verduras, creo que voy a estar bien. ¿Qué haces aquí tan pronto, Wade? No soléis aparecer hasta Nochebuena.

–Tenía algo de tiempo libre, así que pensé en pasarlo aquí con vosotros, ayudar un poco. Sé que no vengo lo bastante.

–Bueno, esa es una buena mentira. Dísela a tu madre. Se la tragará del todo. Todos estáis asustados desde que os enterasteis de que vendimos esa tierra.

–Yo no diría que estamos asustados.

–¿No? Cuatro de los cinco habéis venido en el último mes, solo para hacernos una visita porque sí. Y estoy seguro de que Xander hubiera venido también, si no estuviera tan ocupado en el congreso.

Wade se encogió de hombros.

–Bueno, ¿qué esperabas, papá? Mantuviste en secreto lo del ataque al corazón. Estás teniendo problemas financieros y no se lo dices a nadie. Sabes que todos ganamos dinero. No había necesidad de vender la granja.

–No he vendido la granja. Vendí unas cuantas rocas que no sirven para nada, basura que me costaba más dinero del que produce. Y sí, ganáis mucho dinero. Yo no he ganado tanto en muchos años. Pero una cosa no tiene nada que ver con la otra.

–Papá…

Ken se detuvo en frente de la tienda de regalos.

–No quiero tu dinero, Wade. No quiero ni un centavo de ninguno de vosotros. Esas facturas médicas inesperadas se han comido todos nuestros ahorros. Los últimos años no han sido muy buenos y habíamos recortado gastos, incluyendo nuestro seguro, para capear el temporal. Vender esa tierra nos permitió pagar todas las facturas, contratamos un nuevo seguro y aún hemos podido ahorrar algo de dinero. Menos tierra significa menos impuestos, y menos cosas de las que preocuparse. Todo va a estar bien.

Abrió la puerta de la tienda de regalos, terminando la conversación.

—¡Wade!

Molly Eden, que estaba tras el mostrador, corrió a abrazar a su hijo mayor. Le alisó el cabello y le miró fijamente, buscando signos de cansancio o de estrés. Siempre le reprochaba que trabajara demasiado. Probablemente tuviera razón, pero eso lo había aprendido de ellos.

—Hola, mamá.

—Qué sorpresa tenerte aquí tan pronto. ¿Es una visita corta o te vas a quedar a pasar las fiestas?

—Me quedo.

—Eso es estupendo —dijo ella. Los ojos le brillaban de felicidad—. Pero espera —hizo una pausa—. Creía que Heath me había dicho que estabas en Jamaica esta semana.

—Los planes han cambiado. Me quedo aquí.

—Ha venido a ver cómo estamos —dijo Ken desde el mostrador. Se estaba sirviendo un vaso de sidra.

—Me da igual —dijo ella—. Lo que me importa es que está aquí —volvió a abrazarle y entonces frunció el ceño—. No he preparado nada para cenar. Ojalá

24

hubiera sabido que venías. Estaba a punto de hacerle un sándwich a tu padre.

—Integral, pavo sin grasa, sin mayonesa por favor —masculló Ken.

—No te preocupes por eso, mamá. Iba a ir a Cornwall para ver a un par de amigos del Wet Hen y comprar algunas cosas en la tienda. Compraré algo para comer en el restaurante cuando terminé.

—Muy bien. ¡Pero iré a la tienda mañana a primera hora y haré una buena compra para daros de comer a todos los chicos durante las fiestas!

Wade sonrió. Su madre parecía encantada con la idea de tener a todos sus hijos en casa y de cocinar para ellos. Recordaba tiempos felices de su adolescencia, cuando sus hermanos y él comían para crecer y dar el gran estirón lo antes posible.

—¿Por qué no me das una lista y compro todas las cosas ahora?

—No necesitamos tu dinero —exclamó Ken desde la mecedora que estaba junto a la chimenea.

Molly frunció el ceño.

—Te lo agradezco, Wade. Te apuntaré unas cuantas cosas.

Volvió al mostrador e hizo una lista.

—Creo que con esto tendremos suficiente para unos días. Iré al pueblo para comprar un pavo entero el lunes a primera hora.

—Muy bien —dijo Wade, dándole un beso en la mejilla—. Volveré pronto. A lo mejor traigo a casa una de esas tartas de coco de Daisy's.

—Eso sería estupendo.

Wade salió. Fue a por el coche. La lista se componía de una tarta, una docena de huevos, un saco de patatas y algo de información sobre Victoria Sullivan.

Cuando Tori subió a la camioneta, tenía intención de ir a Daisy's para comprar algo de comer. Y a lo mejor también se pasaba por la tienda para hacer algo de compra. Pero casi sin darse cuenta, se detuvo en el aparcamiento del Wet Hen, el bar de la zona.

—Afrontémoslo —se dijo a sí misma, apagando el motor—. Necesito una copa.

Bajó del vehículo, cerró la puerta con fuerza y entró en el bar. Era viernes y eran más de las seis, pero el sitio estaba muy tranquilo. La gente empezaría a llegar más tarde, cuando acabaran con los preparativos de las fiestas. Se abrió camino hacia la barra vacía y sacó un taburete. Desde su posición oyó las risotadas de un grupo de hombres que estaban en un rincón del fondo. Cuando se volvió, sus planes cambiaron de golpe. Necesitaba dos copas, sobre todo después de ver a ese bastardo que la observaba desde el fondo del local.

¿Qué estaba haciendo allí Wade? La ciudad era pequeña, pero... También reconoció a Randy Miller, su abogado, y al sheriff.

En ese momento, todos la miraban con atención.

¿Wade les habría hablado de ella? Esa sonrisa

arrogante y la burla que se dejaba ver en las miradas de los otros no dejaban lugar a dudas. La tensión se le propagó como una descarga eléctrica por la espalda. Quería irse, no solo del bar, sino de la ciudad, a lo mejor incluso del estado. Podía tener la caravana lista en menos de una hora y ponerse en camino. Lo bueno de ser nómada era que podía marcharse cuando las cosas empezaran a ir mal. Eso era lo que sus padres habían hecho siempre. Se quedaban en un sitio hasta aburrirse o sentirse incómodos.

Tori encontraba difícil imaginar cómo sería vivir en un sitio durante el resto de su vida, no tener adónde ir si las cosas le estallaban en la cara.

Pero también tenía ventajas establecerse en un lugar fijo: amigos, vecinos, personas con las que poder contar, estabilidad, raíces, un lugar al que llamar hogar, tener una familia… Después de haber barajado la posibilidad de tener esa clase de vida con Ryan, después de ver cómo se había desmoronado todo, ya se había cansado de correr. A lo mejor no tenía la vida y la familia con la que había soñado cuando estaba con Ryan, pero podía tenerla con otra persona si sentaba la cabeza lo bastante como para tener una relación seria.

Cornwall era un sitio especial para ella. De allí provenía su familia y era allí dónde quería quedarse. Pero si iba a construir la casa de sus sueños, tenía que aprender a capear el temporal. No había forma de remolcar una casa entera. Ser la chica nueva en una ciudad pequeña ya era bastante duro, así que una falta de habilidades sociales tampoco iba a ayudar mucho.

Si Wade pensaba que se iba a dejar amedrentar, entonces se iba a llevar una gran sorpresa. No iba a seguirle la corriente con esa farsa. Si él jugaba sucio, entonces ella también lo haría.

—¿Qué le pongo?

El camarero había llegado hasta ella.

—Un gin tonic con lima.

El camarero le dejó un pequeño bol lleno de cacahuetes y puso una servilleta en la barra para la bebida que sirvió rápidamente. Tori le dio un buen sorbo. El alcohol le entró en las venas a toda velocidad. No había sido capaz de comer nada después del encuentro con Wade, así que su estómago vacío absorbió el embriagador brebaje. Tres sorbos más tarde, las preocupaciones se convirtieron en inquietudes lejanas que se ahogaban fácilmente en ese exquisito líquido. Se oían estruendosas risotadas provenientes de ese rincón del bar donde estaba el grupo de hombres.

No volvió a mirarles hasta haberse terminado la copa y medio bol de cacahuetes. Wade seguía observándola, pero en su rostro ya no quedaba ni rastro de esa mirada risueña. Mientras los otros hombres charlaban, él no hacía otra cosa que mirarla. Su expresión era muy seria.

Cuando sus miradas se encontraron, Tori sintió una descarga de electricidad que la recorría de arriba abajo y le abrasaba la piel. El ruido del cristal al golpear la barra reclamó su atención de repente. El camarero acababa de ponerle otra ronda a cargo del chico de los Eden.

Tori tardó un momento en comprender que se refería a Wade.

–¿Te refieres al moreno de la camisa verde con esa cara de listillo?

El camarero se inclinó un poco sobre la barra y miró hacia el rincón.

–Sí.

–Pensaba que su apellido era Mitchell.

–Sí.

–¿Y por qué lo llamas el chico de los Eden?

El camarero se encogió de hombros.

–Porque es el hijo de los Eden.

Tori frunció el ceño.

–Dile que no la quiero.

El camarero soltó el aliento y sacudió la cabeza.

–Está con el alcalde, con el sheriff, con el mejor abogado de la ciudad, y con el concejal que me da la licencia para vender alcohol. Lo siento, chica, pero yo no me meto en esto. Tendrás que decírselo tú misma.

–Muy bien –Tori agarró el vaso, bajó del taburete y se dirigió hacia el grupo.

Todos dejaron de hablar de inmediato y se volvieron hacia ella.

–De nada, señorita Sullivan –dijo Wade con la sonrisa que la hacía sentir mariposas en el estómago y la ponía furiosa al mismo tiempo.

–En realidad no venía a darte las gracias. Venía a devolvértela.

–¿Le pasa algo a la bebida?

–Nada, exceptuando el hecho de que la has pagado tú –la puso en el borde de la mesa, delante de él–. No, gracias.

Dos de los hombres se rieron suavemente y el otro se movió en la silla, un tanto incómodo. Wade los ignoró a todos. La traspasaba con la mirada.

–Oh, vamos... Era una invitación para darle la bienvenida a Cornwall. Solo quería que probara la hospitalidad de los lugareños.

–Llevo dos meses viviendo aquí y en todo este tiempo solo ha habido cuatro personas que se hayan molestado en hablar conmigo. Ya es un poco tarde para una bienvenida cálida, sobre todo si viene del hombre que está tratando de echarme de aquí.

–Eso es demasiado decir. Puede quedarse en la ciudad, pero no en ese lugar en concreto. A lo mejor Randy puede ayudarla a comprar otra propiedad –le dio una palmadita en el hombro al joven que estaba a su lado–. Me ha dicho que fue él quien se ocupó de la venta de las tierras de mis padres.

–Mis tierras –recalcó Tori–. ¿Qué más te dijo, Wade? ¿Hay alguna laguna o vacío legal que puedas usar para anular la venta? ¿O es que solo estás curioseando un poco para ver qué trapos sucios sobre mí puedes usar para chantajearme?

Wade se encogió de hombros. A Tori le hervía la sangre en las venas.

–No siempre se trata de usted, señorita Sullivan. Estoy tomando algo con unos amigos a los que no veía hacía tiempo. Y si por casualidad tienen algo de información sobre usted, entonces mucho mejor. Me gusta estar bien informado, sobre todo cuando mi adversario es digno de temer.

–No me halagues, Mitchell. Puedes hurgar todo lo que quieras, pero no vas a encontrar basura, porque no he hecho nada malo. No te voy a vender mi propiedad. Y la decisión es definitiva –dio media vuelta y echó a andar.

Tras haber dado dos zancadas grandes, oyó unas risitas ahogadas y un susurro.

Era la gota que colmaba el vaso. Se volvió y sorprendió a Wade mirándole el trasero con una sonrisa en los labios, como si estuviera de acuerdo con lo que su compañero acababa de decirle.

Volvió a la mesa.

–Disculpad. ¿Qué es lo que he oído? Te puedo asegurar que mi actitud fue completamente normal hasta que empezaste a acosarme. Puede que vivas en un mundo donde siempre consigues lo que quieres, pero esta vez eso no va a pasar. Y ni tu dinero ni tu pene van a cambiar eso, porque yo no estoy interesada en ninguna de las dos cosas –dijo y recogió su bebida.

Wade la observó con unos ojos curiosos.

–Pensándolo bien –añadió Tori con una sonrisa sarcástica–. Creo que voy a aceptar la copa. No te vendrá mal enfriarte un poco –dijo y le echó encima el líquido.

El frío de la bebida le hizo levantarse de golpe. Los cubitos de hielo cayeron por todas partes. Ignorando los juramentos de Wade, Tori dio media vuelta y se dirigió hacia la barra. El sheriff y los demás se reían a carcajadas. Pagó su copa y salió del bar.

Al rodear la esquina, sintió unas pisadas rápidas que se acercaban por detrás.

–¿Cuál es tu problema?

Tori se volvió y le miró.

–¿Mi problema? Eres tú quien tiene uno, no yo.

–¿Y echarme la bebida en el regazo es la solución?

–En ese momento me pareció una buena idea. Todos os lo estabais pasando muy bien a mi costa. Que te tomes copas con el alcalde no significa que puedas acosarme.

Wade la taladró con la mirada. Dio un paso adelante y la acorraló contra la pared de ladrillo del Wet Hen. Apoyó las manos a ambos lados de su cabeza. Sin escapatoria alguna, Tori se irguió y le miró con un gesto desafiante.

–Nunca tuve intención de acosarte, Sullivan.

Tori trató de no fijarse en sus labios mientras le oía hablar, pero estaba tan cerca que no podía hacer otra cosa. El embate de la furia desenterraba viejos recuerdos.

–¿Y qué? –le preguntó ella. Su voz estaba llena de sarcasmo–. ¿Ibas a seguir el consejo de tu amigo y me ibas a seducir? Sin duda debes de ser todo un maestro en la cama y una sola noche contigo bastaría para hacerme cambiar de opinión, ¿verdad?

Wade se acercó un centímetro más. Tori se puso

tensa. De repente temió que fuera a besarla. Por alguna extraña razón, quería que lo hiciera, pero no quería al mismo tiempo.

–Nunca me ha pasado que una mujer me ofrezca una propiedad después de haber tenido sexo conmigo, pero no sería la primera vez que una de mis amantes siente la necesidad de compensarme después de haber pasado una noche maravillosa en la cama.

Tori luchó contra ese deseo irrefrenable de acercarse a él. Tenía la necesidad de descubrir cómo sería sentir esos ángulos duros de su cuerpo masculino… Pero no podía sucumbir.

Debía seguirle el juego, hacerle pensar que iba ganando.

Le puso una mano sobre el pecho. Abrió los labios a modo de invitación. Soltó el aliento con un leve jadeo. No era difícil dejarse llevar. Solo tenía que seguir sus impulsos. Podía sentir su corazón, latiendo tan rápido como el suyo propio.

Ambos jugaban con fuego.

–¿Qué te hace pensar que te deseo? –le preguntó Tori.

Wade se apretó contra ella. Deslizó los labios sobre su mandíbula hasta llegar al lóbulo de la oreja. El roce no era más que un leve cosquilleo, como las caricias de una pluma sobre la piel.

–Oh, sí que me deseas –susurró él con confianza–. De eso estoy seguro –se apartó, la miró fijamente y sonrió con malicia–. Buenas noches, señorita Sullivan.

Ella le vio alejarse con paso decidido, lleno de confianza. Le siguió con la mirada hasta que rodeó la esquina. Esperó a que todo quedara en silencio y entonces soltó el aliento.

Una sonrisa divertida se dibujó en sus labios.

–Oh, crees que has ganado esta ronda, Wade Mitchell. Pero la diversión no ha hecho más que empezar.

Capítulo Tres

Cuando Wade volvió a la granja esa noche, todas las luces de la casa estaban apagadas, excepto las del porche y las de la cocina. Sus padres siempre se acostaban pronto y eran los primeros en levantarse, al igual que la mayoría de los granjeros.

Como era el primero en llegar para las fiestas, podía quedarse en la habitación de invitados de la casa, en vez de irse al granero reformado donde solía dormir con sus hermanos de acogida, pero prefería hacer lo segundo. Llevó los comestibles de Molly a la cocina, lo guardó todo, cerró la puerta principal con llave, sacó el resto de sus cosas del todoterreno y se llevó la maleta al antiguo granero.

Molly había dejado la luz del porche encendida y había una porción de tarta de limón en la encimera de la cocina, envuelta en celofán y acompañada de una nota de bienvenida a casa.

Mientras leía la nota, sonrió. Llenó un recipiente de agua, buscó el queso cremoso, el café de Sumatra y un pack de seis de cerveza negra, su favorita. Lo metió todo en la nevera. Dejó los bollos sobre la encimera, junto a la tarta.

Era agradable estar de vuelta en casa.

Su ático de Tribeca era una residencia confortable, pero no era su hogar. Ese viejo granero, en cambio, con su desvencijada mesa de ping-pong y la televisión prediluviana, era su casa.

Se echó en el sofá y miró el reloj. Solo eran las nueve y media. No solía irse a la cama hasta después de las once. Le sonó el teléfono móvil.

–Hola, Brody.

–Wade –el tono de su hermano sonaba cauteloso, y serio, como siempre.

–No. Fui a la parcela para hablar con la dueña, pero hay una… complicación.

Brody suspiró.

–Sabía que esto no iba a ser tan fácil como tú pensabas.

–He dicho que hay una complicación no que esté todo perdido. Simplemente resulta que las cosas se van a enredar un poco. La dueña no quiere vender.

–¿Ni siquiera si le doblas el precio?

–Le he ofrecido medio millón y lo rechazó.

Brody dejó escapar una exclamación.

–¿Pero cómo es posible? Medio millón de dólares es un dineral.

–Bueno, la culpa la tengo yo en parte.

–¿Qué has hecho? –preguntó Brody, usando ese tono seco y brusco que siempre usaba de niño.

Cada vez que uno de ellos se quejaba de un castigo, siempre hacía la misma pregunta. Él, en cambio, nunca se metía en líos, nunca hacía nada malo. Tenía demasiado miedo de ser castigado, por culpa de ese padre que le pegaba.

Su hermano Brody era feliz delante del ordenador, jugando con un videojuego, ayudando a su madre a actualizar el software de contabilidad...

–No he hecho nada. Es que no le caigo bien. Trabajó para mí hace años.

–¿Te acostaste con ella?

Wade soltó el aliento. Su hermano estaba dando por hecho que se trataba de una amante despechada.

–¿Entonces o ahora? –le preguntó en un tono bromista.

–Ambas cosas –dijo Brody.

–No. Nunca me he acostado con ella... La despedí. Y estaba justificado, tengo que decir. Pero ella parece un poco resentida todavía.

–Sabía que teníamos que haber mandado a Xander. Nadie puede decirle que no.

Xander era congresista en Connecticut. Era un hombre agradable, encantador y tenía un pico de oro.

–Bueno, Xander está ocupado sacando al país de un déficit grave, así que os tendréis que conformar conmigo. Puedo conseguirlo. Te lo aseguro. Simplemente necesito algo más de tiempo. Habrá que convencerla.

–¿Qué puedo hacer para ayudar? ¿Investigo un poco a ver si puedo encontrar algo de información sobre ella?

–Eso no vendría mal, aunque no creo que encuentres nada que nos sea útil. Por lo menos, no creo que encuentres nada con lo que podamos

chantajearla. Tengo la sensación de que ese pequeño desliz que cometió en mi empresa fue algo aislado, accidental.

–A lo mejor hay algo en su pasado que puedas
usar para ablandarla un poco. Así sentiré que estoy
haciendo algo.

Wade oía la inquietud en la voz de su hermano,
pero no había mucho que pudiera hacer desde su
despacho de Boston. Brody era un tipo brillante.
Había construido un imperio tecnológico de la
nada, pero no se dejaba ver mucho en público. Solo
le veían cuando iba a casa por Navidad o en Semana Santa. El resto del tiempo lo pasaba encerrado
en las oficinas de su empresa, con su secretaria Agnes, en el piso más alto de un rascacielos de la ciudad.

Era una verdadera pena. Si el padre biológico
de Brody conseguía la libertad condicional alguna
vez, sería una gran injusticia. ¿Qué clase de monstruo era capaz de echarle ácido en la cara a un hijo?
Alguien tan malvado no merecía ver la luz del sol
nunca más, sobre todo porque su hijo tampoco podía verla.

–Por ahora, a lo mejor solo necesito algo de información para convencerla. No le caigo bien, pero
si averiguo qué botones tengo que apretar para hacerla cambiar de idea, a lo mejor la cosa sale bien.
Mira en su empresa y averigua cuáles han sido sus
proyectos más recientes. Te mandaré la información básica para que puedas empezar con algo. Sé
que le apasiona su trabajo. A lo mejor solo hace fal-

ta eso. Y si tengo razón, y esta es la parcela adecuada, una vez la tenga en mis manos, ya no habrá más problemas. Si ella decide dar guerra, siempre podemos salir de noche y empezar a cavar agujeros.

–¿Cavar agujeros de noche?

–Dijiste que querías ayudar –señaló Wade, medio de broma.

Si las palas destapaban algo, entonces tendrían problemas serios.

–No dejes que llegue a eso, Wade. No estamos buscando una cápsula del tiempo. Es el cuerpo de un hombre. Y todos somos responsables de que esté ahí. No puede aparecer. Haz lo que tengas que hacer para arreglar esto. Esto podría arruinar nuestra reputación, nuestras empresas. ¿Quién querría hacer negocios con alguien que se ha visto implicado en la muerte de…?

–Para –dijo Wade.

–Esto podría matar a nuestro padre de un ataque al corazón. No quiero otra muerte sobre mi consciencia.

Wade tampoco quería llevar ese peso. Ya les había fallado a sus padres y a su hermana quince años antes. No quería cometer el mismo error por segunda vez.

–Me ocuparé de ello. De una forma u otra.

–Bienvenida a la granja Garden of Eden. ¡Espero que podamos ayudarla a tener una feliz Navidad!

En cuanto Tori entró por la puerta de la tienda

de regalos, Molly la recibió desde detrás del mostrador. Tori la había visto una vez, en la compraventa de la casa, pero entonces había papeleo que firmar y no habían tenido mucho tiempo para charlar.

Ese día tenía que ser diferente, no obstante. Wade pensaba que podía ir por la ciudad recopilando información, y ella podía hacer lo mismo.

–¡Oh, señora Sullivan! –Molly salió del mostrador con una enorme sonrisa.

Era una mujer pequeña y rechoncha. Llevaba el pelo, rubio y canoso, recogido en un moño.

–Por favor, llámeme Tori.

–Solo si tú me llamas Molly, cielo. Somos vecinos, después de todo –Molly le dio un abrazo como si fueran amigas de toda la vida.

Tori sonrió. No pudo evitarlo. Era una mujer tan dulce.

–Sí. Es cierto.

No había nada en su tono de voz que denotara resentimiento. Y el día que se había efectuado la transacción había percibido lo mismo por parte de Ken. De hecho, este parecía aliviado. Recordaba haberle oído comentar que tanto él como su esposa estaban llegando a una edad en la que ciento veinte hectáreas de tierra eran demasiado para ellos. La parcela que le habían vendido era demasiado rocosa y escarpada como para plantar árboles. Y las otras dos parcelas, más grandes, eran iguales.

¿Por qué le molestaba tanto a Wade que hubieran vendido su parcela en particular? ¿Sabrían sus padres lo que se traía entre manos?

–¿Qué te trae por aquí hoy? ¿Necesitas un árbol?

–Oh, no. No tengo espacio en mi caravana. Cuando termine la casa, compraré uno. Pero por ahora, creo que voy a comprar una de esas coronas de pino tan bonitas que hacéis. Cuando estaba en Daisy's la otra noche, la camarera, Rose, no hacía más que hablar de tus habilidades artísticas.

Molly, henchida de orgullo, condujo a Tori hasta la estantería donde estaban las coronas.

–Rose es un encanto. Salía con Xander cuando estaban en el instituto. Siento que saliera mal.

Se detuvieron delante de una pared de piedra, cubierta por unas diez coronas distintas. Había una gran variedad de tamaños y estilos. Tori no necesitaba una corona, pero compraría una.

Escogió la primera que le llamó la atención.

–Esa corona azul y plateada es preciosa. Creo que me llevaré esa.

–Esa es una de mis favoritas. Voy a buscar el gancho para bajarla.

Molly echó a andar, pero se detuvo al oír las campanitas que anunciaban la llegada de otra persona a la tienda.

–Oh, Wade. Llegas en el momento preciso. ¿Podrías bajarme esa corona azul?

Tori se volvió. Él se estaba quitando la nieve en la alfombrilla de la entrada.

–Claro, mamá –dijo, sin mirar a Tori.

–Y quiero que conozcas a Tori Sullivan –dijo Molly–. Es la persona que compró esa parcela pequeña que está junto a la cordillera.

41

Wade se puso tenso. Se volvió hacia Tori. Frunció el ceño, pero procuró borrar la expresión de su rostro antes de que la viera su madre. La siguió hasta el área donde estaban expuestas las coronas y, sin decir nada, retiró la de color azul y plateado. Se la entregó a su madre.

–Tori, este es mi hijo mayor, Wade. Trabaja en una agencia inmobiliaria en Nueva York. A lo mejor habéis coincidido en algún momento. Wade, Tori es arquitecta.

–Me halagas mucho, Molly –dijo Tori, sonriendo.

Evitó la mirada de Wade hasta que ya no tuvo más remedio que saludarle. Cuando por fin le miró, vio una frialdad impasible en sus ojos. Era evidente que iba a fingir que no la conocía de nada.

–Encantada de conocerte, Wade.

–Lo mismo digo, Tori –dijo él en un tono muy formal, poniendo énfasis en la pronunciación de su nombre.

Era la primera vez que la llamaba así. Cuando trabajaba en su empresa, siempre había sido Victoria.

Cuando finalmente le estrechó la mano, Tori se dio cuenta de que tocarle era una mala idea. En cuanto sintió el tacto de sus dedos, fue como si se hubieran sumergido en un baño caliente. Le miró a los ojos y se dio cuenta de que él sentía lo mismo.

Se apartó bruscamente, frotándose la palma de la mano. Solo podía esperar que Molly no se hubiera dado cuenta. Los ojos de Wade la atravesaban, se le clavaban dentro, como si estuviera mirando dentro de su alma.

–Tori, voy a envolverte la corona. ¿Tienes un gancho para colgarla?

–No –dijo Tori. De repente sentía que le faltaba el aliento–. Escoge el que te parezca mejor y me lo llevo.

Molly sonrió y se fue al otro lado de la tienda, dejándola sola con Wade.

–¿Qué estás haciendo aquí? –le preguntó él. Su tono de voz era claramente acusatorio.

Tori se cruzó de brazos. Escondió la mano, que todavía le ardía.

–De compras. Es evidente.

–¿Has venido para vengarte por lo de anoche?

–¿Vengarme por qué? Dijiste que solo estabas tomando algo con unos amigos. ¿Crees que he venido para chivarme ante tu madre?

–No.

Tori esbozó una sonrisa maliciosa, consciente de que había descubierto su talón de Aquiles.

–He venido a comprar motivos navideños. Y si tu madre me proporciona algo de información sobre ti, mucho mejor. Me gusta estar bien informada, sobre todo cuando mi adversario es digno de temer.

–Vaya. Ahí me has dado –Wade miró por encima del hombro para ver dónde estaba su madre.

–Entiendo que Ken y Molly no saben lo que estás intentando hacerme, ¿no?

Wade se volvió hacia ella.

–¿Hacerte? –susurró en un tono de absoluta in-

43

credulidad–. Te he ofrecido cuatro veces el valor de la propiedad. Pero no. No lo saben, y me gustaría que todo siguiera así. No necesitan más estrés del que tienen ya.

–Si a ellos no les importa, ¿por qué estás tan empeñado en recuperar la propiedad? No lo entiendo.

Un muro impenetrable se levantó alrededor de Wade. Tori casi podía sentir las paredes de acero. Era evidente que se había adentrado en un terreno peligroso.

–No tengo que explicarte por qué es tan importante para mí esta tierra. Todo lo que tienes que saber es que tengo intención de recuperarla, sea como sea.

–Eso te crees.

Tori vio cómo cerraba los puños.

–¿Wade?

Molly le llamó desde el otro lado de la tienda.

Ambos se volvieron y Tori notó algo extraño en la expresión de la señora. Parecía… intrigada por esa discusión susurrada.

–Ya voy –dijo Wade. Le dedicó una mirada envenenada a Tori y se marchó.

Le vio hablar con su madre durante unos segundos. Después asintió con la cabeza y salió de la tienda sin dedicarle ni una palabra de despedida.

Tori soltó el aliento, y así se dio cuenta de que lo había estado conteniendo. Tenía el cuerpo tenso, pero también había algo más; un deseo intenso que la invadía… Era una extraña combinación.

–Tu compra está lista, cielo.

Tori volvió al mostrador.

—Gracias. Estoy segura de que quedará preciosa en mi caravana. El color plateado y el azul quedarán muy bien con el aluminio.

—Seguro que sí. ¿Qué vas a hacer en Navidad? ¿Tienes familia por aquí?

Tori sacudió la cabeza.

—No. Mis padres viajan mucho. La última vez que me llamaron estaban en Oregón. Seguramente les llame el día de Navidad, pero no he pasado las vacaciones con ellos desde hace muchos años.

—¿Y tienes hermanos? ¿Tías? ¿Primos?

—Soy hija única. Y mi familia se mudaba tanto que nunca llegué a tener lazos estrechos con mis parientes.

—Vaya —dijo Molly, pensativa—. ¿Te gustaría tomarte una sidra conmigo junto al hogar?

—No quiero robarte tiempo, Molly.

—¡En absoluto! La tienda está vacía. El ajetreo empieza luego, cuando venga la gente a última hora. Vamos. Te serviré un vasito. También tengo unas galletitas que acababa de sacar del horno cuando llegaste.

Incapaz de rechazar la invitación, siguió a Molly hasta el mostrador de los comestibles y luego hacia las mecedoras situadas justo delante de la chimenea.

—Este lugar es extraordinario. Es como el sueño de cualquier niño.

—Gracias. Era eso lo que queríamos exactamente, preservar una tradición navideña. No se trata de ir de compras sin más. A Ken y a mí siempre nos han gustado mucho los niños. Esperábamos tener cinco o seis por menos –Molly empezó a juguetear con el borde del vaso de papel–. Como eso no salió bien, empezamos a acoger a niños huérfanos. Wade fue el primero.

–Oh –todas las piezas del puzle encajaron de repente–. No sabía que Wade era adoptado.

–Sí. Julianne es la única hija biológica que tenemos. Los demás vinieron por los servicios sociales de Litchfield County. Hemos tenido muchos a lo largo de los años, pero Wade, Brody, Xander y Heath fueron los que realmente pasaron a formar parte de la familia. Para nosotros fue una gran alegría poderles dar un hogar a esos chicos que no lo tenían. Teníamos la esperanza de que uno de ellos se hiciera cargo de la granja finalmente, pero eso no va a pasar. Les criamos para que tuvieran grandes aspiraciones, y las tienen. Por desgracia, ninguno soñaba con hacerse granjero.

Tori le dio un mordisco a las galletitas, todavía calientes. La mantequilla, el azúcar y la canela eran una combinación divina. Jamás había probado una galleta tan buena.

–Oh, Molly, esta galleta está riquísima, aunque no podría haber esperado menos con todo lo que tienes aquí. Nunca tuve árbol de Navidad en casa cuando era pequeña, pero siempre soñé con comprar uno en un sitio como este.

–¿Nunca tuviste un árbol de Navidad?

–No. A mi familia le gustaba viajar. Mi madre me

enseñaba en casa para que pudiéramos movernos de una ciudad a otra cada pocas semanas. Nuestra caravana no era mucho más grande que la que tengo ahora, así que no había mucho espacio para un árbol. A veces, en la mañana de Navidad, mis padres se levantaban muy pronto y decoraban uno de los árboles que estaban cerca del cámping.

–La Navidad en un cámping. Entonces me imagino que un pavo con todos los extras y las tartas caseras tampoco entraban en el plan.

Tori se rio.

–Nunca he sabido lo que es eso en toda mi vida. Mis padres eran hippies, y comían tofu y verduras orgánicas cuando era pequeña. Y, sí, aunque quisiera cocinar un pavo, mi madre no tenía ni espacio ni cocina para hacerlo. A veces comíamos en un restaurante cuando mi padre se ponía nostálgico y quería comida casera.

La expresión de Molly era como la de un niño al que acababan de decirle que Papá Noel no existía.

–Vas a venir a casa en Nochebuena.

Tori abrió los ojos, sorprendida.

–Oh, no. No puedo. No quiero ser una molestia.

–Tonterías. Vente a casa el lunes alrededor de las cinco. Comeremos a eso de las seis, pero quiero que estés a tiempo para conocer a todo el mundo.

–¿A todo el mundo?

–Solo vamos a estar Ken, yo y los chicos. Te presentaré a mis otros chicos. Brody viene de Boston, tiene una empresa de software; Xander es congresista, así que viene de Washington; Heath, el más pequeño, viene de Manhattan, tiene una agencia de publicidad; y mi hija, Julianne, viene de Long Island, tiene un estudio de arte y una galería: es escultora. Estoy muy emocionada. Solo los veo a todos juntos una vez al año. La Navidad es muy importante para esta familia.

–De verdad que te lo agradezco, pero tengo otros planes.

Molly arqueó una ceja.

–He visto tu caravana, cielo. Es muy bonita, pero no creo que vayas a poder preparar otra cosa que no sea un sándwich de crema de cacahuete.

Tori sonrió.

–¿Cómo sabía lo que me iba a tomar?

–Oh, Dios –dijo Molly en un tono dramático–. Vas a venir a cenar. Y ya está.

Tori fue tras ella.

–¿Puedo traer algo?

Molly trató de esconder la sonrisa, tapándose la boca con la mano. Sacudió la cabeza.

–Nada. Yo tengo todo lo que hace falta. Simplemente tráete a ti misma, cariño. Te estaremos esperando.

Tori asintió y fue hacia la caja registradora para pagar. No había duda de que Wade Mitchell la estaría esperando el lunes por la noche, armado hasta los dientes y listo para la batalla.

48

Capítulo Cuatro

Tori no podía entrar en la casa de los Eden. Se sentía estúpida. Era el lugar menos intimidante que había visto jamás. La vieja casa de dos plantas estaba decorada con lucecitas, y todos los marcos de las ventanas estaban adornados con coronas y velas. Las dos columnas que flanqueaban los tres peldaños de la entrada estaban envueltas con guirnaldas y más luces. Se oía música navideña proveniente del interior de la casa, y también risas. Una luz dorada brotaba de las ventanas de la planta baja y producía un resplandor sobre la nieve.

Era preciosa, acogedora. Era la clase de casa a la que uno quiere ir a cantar villancicos porque sabe que los dueños dan chocolate y galletas.

Pero no era capaz de subir las escaleras. Se quedó allí, inmóvil, congelándose, aferrándose a la flor de pascua que había llevado como regalo.

Era un error. Lo sabía. Había pasado varias horas caminando de un lado a otro en la caravana, tratando de encontrar la excusa perfecta para no acudir a la reunión familiar. Era Nochebuena, un día para pasarlo en familia, un día de celebración... Pero si rechazaba la invitación, ya serían dos Navidades tristes consecutivas. El año anterior había querido pasar las fiestas con su novio, Ryan. Ambos viajaban mucho, pero habían llegado a creer que era posible reunirse en Colorado para las fiestas. Sin embargo, él había cancelado el viaje en el último momento y la había dejado sola en aquel bungalow de invierno, con una factura bastante grande que pagar.

Más tarde había descubierto que él jamás había tenido intención de ir. Estaba casado y tenía tres hijos. Salir con alguien como ella había sido el plan perfecto para él, porque siempre estaba viajando, y nunca le presionaba. La relación se sostenía a base de llamadas de teléfono, correos electrónicos y fines de semana.

–Voy a pasarlo bien –dijo en alto, armándose de valor.

–Claro que sí. Pero si sigues ahí parada, te vas a congelar.

Tori se volvió y vio a un hombre en la nieve. Llevaba leña en las manos. Parecía tener unos veintitantos, era alto y de constitución fuerte. Tenía el pelo castaño oscuro y una sonrisa que desarmaba al momento. Sorprendida, Tori sonrió y sacudió la cabeza.

–Me has dado un susto de muerte.

–Lo siento –dijo él, aunque su expresión pícara dijera lo contrario–. Usted debe de ser la señorita Sullivan.

–Tori, sí –dijo ella, cambiando de mano la planta para poder saludarle–. ¿Quién eres tú?

–Heath. Soy el pequeño, si te sirve de algo.

El hombre que tenía delante, musculoso y fibroso, no tenía nada de pequeño.

–¿Te dijo tu madre que venía?

–Me lo dijo cuando me puso a pelar patatas.

–¿Lo sabe Wade?

–No –dijo Heath con una sonrisa maliciosa–. Eso no tendría nada de divertido.

Tori hizo una mueca. El asunto se ponía preocupante, aunque también estaba deseando ver la cara de Wade cuando la viera entrar por la puerta, y era evidente que Heath también quería verlo.

–¿Es que estoy entrando en la guarida del león?

Heath se encogió de hombros.

–Eh, son leones divertidos. Jugarán un poco contigo antes de comerte. Vamos. Entremos. Me estoy helando, y cuanto antes entremos, antes me comeré la tarta.

Tori dejó que el benjamín de los hermanos la guiara por las escaleras hasta la puerta de entrada.

–¡Mirad lo que encontré ahí fuera!

Tori apenas se había recuperado del golpe de luz y calor cuando sintió cinco pares de ojos que se clavaban en ella. Apretó la planta que tenía en las manos y trató de poner una expresión entusiasta. Molly y otra mujer más joven que se le parecía mucho levantaron la vista. Ya estaban sentadas a la mesa.

Ken estaba de pie en el salón, acompañado por otro de sus hijos; uno que se parecía mucho a Heath. Otro hombre más joven la observaba atentamente, agachado frente a la chimenea. La expresión de sus rostros variaba por momentos: curiosidad, sorpresa, entusiasmo, un toque de ansiedad en la cara del que estaba junto al hogar…

Pero Wade no estaba por ninguna parte.

—Oh, Tori, has venido –dijo Molly, rodeando la mesa del comedor para saludarla.

—Estaba ahí fuera en mitad de la nieve. ¿Pero qué le has dicho de nosotros, mamá? –Heath llevó la leña a la chimenea.

—Calla –le dijo Molly a su hijo. Aceptó la flor de pascua que Tori le había llevado–. Es preciosa. Muchas gracias. Ya te dije que no necesitabas traer nada, cariño.

—Me dijiste que no tenía que traer comida –dijo Tori con una sonrisa.

—Eres un cielo. Felices fiestas para ti también –Molly le dio un abrazo–. Ken –dijo, apartándose–. ¿Podrías presentarle a todo el mundo mientras le buscó un lugar a la planta? Voy a ver el pavo también.

—Claro –Ken fue hacia ella con una sonrisa en la cara–. Hola, señorita Sullivan. Feliz Navidad.

—Igualmente. Y llámeme Tori, por favor.

Ken asintió.

—Bueno, ya conoces a Heath. Es el más pequeño y el más travieso de todos.

—¡Lo he oído! –exclamó una voz que venía de las inmediaciones de la chimenea.

—También tiene muy buen oído– Este es Xander.

Molly le había dicho que uno de sus hijos era político, pero no había sido capaz de recordarle. Sin embargo, el hombre que estaba junto al sofá salía en la televisión. No había duda.

Xander sonrió y la saludó con toda la cortesía que había desarrollado durante su carrera.

–Bienvenida, Tori. Parece que has oído mi nombre por algún sitio, ¿no? ¿Estás registrada como votante? –le preguntó con un toque de humor.

–Aquí no. Mi domicilio anterior era un apartado de correos de Filadelfia, pero lo voy a cambiar.

–Estupendo. Espero que el hecho de pasar tiempo con mi familia no influya negativamente en tu voto.

–Deja de hacer campaña, Xander –dijo la joven que estaba en el comedor. Le dio un pequeño empujón a su hermano adoptivo–. Lo siento. Es que le resulta difícil desconectar. Soy Julianne.

–Esta es mi pequeña –dijo Ken. Sus ojos azules se iluminaron al ver a su hija–. Es la artista más talentosa que conocerás jamás.

–Papá… Me alegro de que hayas venido, Tori. Necesitamos algo más de estrógeno en esta casa.

Tori le estrechó la mano. La única hija de los Eden era muy guapa.

–Brody, deja la chimenea y ven a saludar a nuestra invitada.

El último de los hermanos dejó el atizador y fue hacia ella. Había reticencia en sus movimientos… De repente lo vio. Cuando se acercó a las luces del árbol de Navidad, pudo ver el otro lado de su rostro.

Tori contuvo el aliento y se puso tensa. No quería reaccionar de manera inapropiada. Todo el lado izquierdo de su rostro estaba desfigurado a causa de una horrible cicatriz. Notó que Brody se había quedado al margen del grupo, casi como si quisiera darle tiempo para hacerse a la idea antes de saludarla.

Rápidamente le miró a los ojos y sonrió.

–Un placer conocerte, Brody.

Él le estrechó la mano con educación.

–Me alegro de que hayas podido venir –le dijo, esbozando una sonrisa tímida y cautelosa.

El otro lado de su rostro era hermoso. Y si sonreía de verdad, seguramente sería encantador. Sus ojos eran azul oscuro y sus pestañas eran copiosas, gruesas. Al principio, su mirada era desconfiada, inquieta, pero la sonrisa terminó por llegarle a los ojos.

Julianne frunció el ceño. Miró a su alrededor.

–¿Y adónde fue Wade?

–A traer los últimos regalos que quedaban en el coche de Brody. ¿Cómo es que me he dejado liar? ¿Qué hacéis todos…

Wade se detuvo delante del árbol de Navidad. Tenía las manos llenas de paquetes. Su mirada se clavó en Tori directamente. Emociones contradictorias desfilaron por su rostro: rabia, incomodidad, preocupación, sorpresa… Después miró a su padre y apretó la mandíbula, como si quisiera contener las palabras que amenazaban con salir de su boca.

–Wade, ¿conoces a nuestra nueva vecina?

Ken no parecía estar al tanto de nada.

–Sí, la conozco.

Wade dejó los regalos en el suelo. Se limpió las manos en los vaqueros y se remangó el suéter. Respiró hondo, miró a sus hermanos y fue hacia el grupo.

–Mamá nos presentó el otro día en la tienda –taladró a Tori con una mirada envenenada.

Tori se puso erguida y esbozó su sonrisa cortés.

–Sí. Molly insistió en que viniera para que no pasara la Nochebuena sola. Ha sido muy amable.

–Y también es muy testaruda –añadió Heath, sonriente.

–Me alegro de que te hayas unido a nosotros esta noche –dijo Ken, poniéndole una mano en el hombro–. La cena estará lista enseguida.

En ese momento el grupo comenzó a dispersarse. Julianne y Ken se fueron a la cocina para ayudar a Molly. Brody y Heath volvieron junto a la chimenea. Xander dijo algo sobre los regalos que tenía en el coche y salió por la puerta trasera. Tori y Wade se quedaron solos en la entrada, acompañados por una suave melodía cantada por Bing Crosby.

Wade la observó unos segundos y dejó que la presión de la rabia se disipara. Tenía la cara un poco roja de tanto contenerla. Miró por encima del hombro rápidamente antes de hablar.

–¿Te guardo el abrigo? –le preguntó en un tono estrictamente formal.

Asintiendo, Tori se guardó los guantes en los bolsillos y se quitó la chaqueta. Wade fue a guardarla en el armario. Ella le observó mientras ponía la chaqueta en una percha y la alisaba con cuidado para que no le quedaran arrugas.

–¿Qué demonios te crees que haces?

La voz de Wade sonó extremadamente grave.

–Voy a cenar –dijo Tori–. Tu madre me invitó, y no había forma de decirle que no.

Wade se volvió hacia ella con el ceño fruncido. Seguía molesto, pero su rostro volvía a tener un color normal poco a poco.

–Podrías haber tenido la decencia de decir que tenías gripe.

Tori cruzó los brazos sobre el pecho.

–Es Nochebuena. Ponme una demanda si quieres, por preferir pasarla acompañada y no sola en mi caravana. Fue todo un detalle por su parte invitarme y acepté.

Wade metió el abrigo en el armario y cerró la puerta con demasiada energía. Se volvió hacia ella con veneno en la mirada.

–Ya te dije que mi familia es lo más importante para mí en este mundo. Es la razón por la que estoy dispuesto a pagarte mucho más de lo que alguien en su sano juicio pagaría por esa tierra. Solo quiero proteger a mi familia. Puedes venir a cenar, pero será mejor que te advierta que no pienso sentarme a ver cómo juegas con ellos.

–No tengo pensado manipular a nadie, a diferencia de ti, Wade. No tengo intención de hacerle nada a tu familia.

–Será mejor que así sea. Por tu propio bien.

–¿O qué?

Wade abrió la boca para contestar algo, pero su mirada se desvió hacia alguien que estaba justo detrás. Su postura defensiva se suavizó, y también la expresión de su rostro.

Tori oyó la voz de Heath a sus espaldas.

—Ey, ¿pero qué hacéis debajo del muérdago?

—¿Muérdago?

Molly salió de la cocina, corriendo, emocionada. Wade y Tori miraron hacia arriba y después se miraron el uno al otro, consternados.

¿Por qué había muérdago colgando del techo? Todos los que estaban en la casa compartían lazos de sangre, y su madre nunca colgaba muérdago…

Wade lo entendió de repente. Había invitado a Tori a cenar. Había colgado muérdago del techo. Su madre también se traía algo entre manos.

A esas alturas toda la familia había vuelto al salón. Les observaban con atención.

—Mama —dijo Wade, quejándose—. ¿Por qué has colgado esto? Es una tontería.

—Es la tradición. Este es el primer año que he podido colgarlo, así que más te vale seguirme la corriente y hacerme feliz.

Wade tragó con dificultad y se volvió hacia Tori. Ella parecía todavía más ansiosa. Estaba rígida y un ligero rubor le teñía las mejillas.

—Si no lo haces… —dijo Heath—. Lo hago yo.

Julianne le dio un codazo.

—¡Oh, Jules!

Wade frunció el ceño. De ninguna manera iba a dejar que su hermano se acercara a Tori. Antes le daría un puñetazo en la mandíbula.

–Date prisa y terminemos con ello.

La voz de Tori sonó llena de angustia.

–¡Bésala! –gritó alguien.

Wade dio un paso adelante. Se inclinó hacia ella y le dio un beso sin vacilar. El tacto de su piel le desencadenó una reacción imparable y era incapaz de apartarse.

Los labios de Tori eran suaves, mucho más tiernos de lo que había esperado. Sabía a la miel que le había puesto en el té unos días antes. Wade no pudo hacer otra cosa que cerrar los ojos y entregarse al beso. Le acarició la mejilla con la mano derecha.

Una descarga de deseo le recorría por dentro. Le impedía apartarse. Ella tampoco retrocedía. Había algo más fuerte que ambos que los mantenía unidos.

Un estruendoso silbido interrumpió el momento por fin. Había sido uno de sus hermanos. Ambos se apartaron con brusquedad, como si acabaran de darles una bofetada en la cara. Él la miró, sorprendido. Toda la familia estaba allí, mirándolos. Brody parecía molesto, Heath estaba a punto de echarse a reír. Solo su madre sonreía. Había satisfacción en sus ojos.

–Bueno –dijo Ken, rompiendo ese silencio tan incómodo–. Creo que es hora de hincarle el diente a ese pájaro.

La familia se dispersó de nuevo. Molly volvió a sus quehaceres y dejó solos a Wade y a Tori. Él volvió a mirarla. Sintió una presión en el pecho.

–¿Qué ha sido eso? –la voz de Tori sonaba pequeña, desprovista de ese tono mordaz que normalmente le dedicaba.

–Solo ha sido un beso.

Ella escudriñó su rostro un instante y entonces miró hacia otra parte, suspirando. Había un toque de decepción en su mirada, como si esperara que él reconociera la verdad. Asintió con la cabeza y dio un paso atrás.

–Voy a lavarme las manos antes de cenar.

Wade señaló el aseo que estaba debajo de las escaleras y la vio alejarse.

Brody apareció en ese momento. Tenía el ceño fruncido. Le dio un vaso de sidra a su hermano.

–Toma. No lleva whisky. Pensé que ya hacías el ridículo de sobra sin el alcohol.

Wade miró a su hermano con cara de pocos amigos, pero aceptó la bebida.

–Te preocupas demasiado. Todo es parte del plan –mintió–. Trato de ablandarla un poco. Y entonces, cuando encuentre algo de información útil que pueda usar, la tendré en mis manos.

Heath pasó por su lado en ese momento. Iba a poner el abrigo en el armario.

–Oye, Wade, pensaba que ibas a comprar las tierras de Tori, en vez de buscarle síntomas de amigdalitis.

–Calmaos los dos. Sé lo que estoy haciendo.

Brody le clavó la mirada.

Wade solía preguntarse si la personalidad de su hermano hubiera sido distinta de haber nacido en otras circunstancias. ¿Sería menos serio?

–No la mires así, Brody. Hazla sentir bienvenida, a gusto. Eso será de gran ayuda. Dijiste que querías hacer algo. Aquí está tu oportunidad.

Brody suspiró.

–Lo sé. Es que no estaba preparado para verla entrar por la puerta. Ojalá mamá me hubiera dicho que venía. Ya sabe que no me gustan esa clase de sorpresas.

Wade asintió.

–A mí tampoco.

Sabía que a su hermano no le gustaba conocer gente nueva. Era un ritual doloroso que tenía que repetir cada vez que le presentaban a alguien.

–¿Qué tal lo hizo ella?

–Mejor que la mayoría –dijo Brody–. No salió corriendo ni se puso a gritar, aunque tengo que decirle a Julianne que no la siente delante de mí en la mesa. No creo que sea bueno para su apetito tenerme delante todo el tiempo.

Wade suspiró y bebió un sorbo de sidra.

–Para. No hay que flagelarse durante las vacaciones. ¿Prefieres que se siente delante de mí?

–Hmm –dijo Brody, pensativo–. A lo mejor termináis haciendo manitas por debajo de la mesa. Será mejor que se ponga delante de Xander o de Heath.

–La cena está lista –anunció Molly.

La puerta del aseo se abrió en ese momento. Tori salió con una sonrisa en la cara. Wade la vio cerrar los puños a los lados del cuerpo. El beso parecía haberla dejado muy desconcertada.

–Wade, te sientas aquí –dijo Julianne, señalando una silla situada en el extremo más alejado de la mesa.

Él asintió y fue hacia allí. Su hermana sonrió con malicia y sentó a Tori justo a su lado. Brody estaba al otro lado, mostrando su perfil bueno. El resto de la familia ocupó sus asientos. La mesa estaba llena de platos, cazuelas, bandejas… Como siempre, su madre se había superado a sí misma.

Como mandaba la tradición, se pusieron de pie frente a la mesa y se tomaron de las manos. Wade tomó la de Tori e hizo un esfuerzo por concentrarse en las palabras de su padre.

–Doy gracias porque estamos todos juntos de nuevo. Ha sido un año duro –empezó a decir Ken–. Pero no ha sido el peor de todos. Somos luchadores. Hemos sido bendecidos con el don de la perseverancia y el tesón, y el destino nos ha unido por una razón. Que todos tengamos un próspero año nuevo y que nos encontremos aquí de nuevo al año siguiente, llenos de vida, amor y felicidad.

Wade sintió que Tori le apretaba la mano. Se le hizo un nudo en la garganta. Ella lo entendía. Pero jamás podría entender aquello por lo que él estaba pasando. No habría secretos tan oscuros enterrados en su pasado. Muy poca gente los tenía.

–Feliz Navidad para todos. Y ahora, a comer.

Capítulo Cinco

Tori se alegró de no haberse acobardado después del beso. Se había encerrado en el aseo durante más tiempo del necesario, madurando la idea de escabullirse por esa ventanita diminuta.

Todo el mundo era muy amable con ella. La incluían en todas las conversaciones. El buen ambiente reinaba en la casa, las bromas, la risa, las historias más rocambolescas…

Tener una gran familia debía de ser así. Siempre había añorado la idea de tener una familia como esa. A veces soñaba con casarse, construir una casa y tener un montón de niños.

Tori se volvió hacia Heath, que en ese momento hablaba animadamente acerca de uno de sus clientes menos recomendables. Su plato de postre estaba casi vacío. Solo quedaban unos pocos bocados. Pensó en el beso. ¿Por qué había tenido que ser él? Wade Mitchell. Le miró con disimulo. Él la observaba. Estaba de cara a Heath, escuchándole, pero su mirada se extraviaba en dirección hacia ella de vez en cuando.

Tori respiró hondo y se volvió hacia Brody. Este se puso tenso de inmediato. Era la única persona de la mesa que no hablaba. Estaba erguido como una vara, inmutable, ajeno a todo lo que pasaba a su alrededor. No la mirada, pero alguna que otra vez sus ojos se desviaban fugazmente.

–¿Podemos abrir los regalos? –preguntó Julianne al levantarse de la mesa con unos cuantos platos vacíos.

–Ya conoces las reglas –dijo Molly–. Solo Tori va a tener su regalo esta noche.

Tori se estaba levantando de la mesa en ese preciso momento, con su propio plato en las manos.

–¿Qué?

–¿Pero por qué Tori sí puede abrir su regalo? –preguntó Heath–. En dieciocho años nunca nos has dejado abrir un regalo antes de tiempo.

–Deja de quejarte, Heath –dijo Ken–. Tori va a tener su regalo ahora porque no va a estar mañana por la mañana.

Tori frunció el ceño y empujó su silla.

–Es demasiado, por favor. Invitarme a cenar ha sido todo un detalle. No tenéis que molestaros tanto.

Molly sacudió la cabeza.

–Es demasiado tarde. Si no lo aceptas, será una pérdida de todo –dio media vuelta y se dirigió hacia la cocina.

Los minutos siguientes fueron un ajetreo continuo. A Tori la hicieron salir de la cocina, pero pudo observar todo lo que pasaba a su alrededor. Cada uno se hizo cargo de una tarea. Wade y Brody se remangaron y empezaron a fregar. Ken llevó el resto de platos a la cocina y Julianne cargó el lavavajillas.

Xander, por su parte, llenó los recipientes con la comida sobrante. Heath sacó la basura. Molly los observaba como un sargento.

Sintiéndose inútil, Tori fue a sentarse junto al hogar. En menos de diez minutos toda la familia estaba de vuelta en el salón, con jarras de sidra en las manos.

Wade llevaba dos. Le ofreció una, sentándose a su lado.

–¿Me has echado algo? –le preguntó, vacilante.

Él sonrió de oreja a oreja.

–No. Es solo sidra.

Tori no tenía otra opción, así que bebió un sorbo. Estaba caliente, con un toque de caramelo y canela. Sabía a Navidad.

–Ken… –dijo Molly–. Ve a buscar el regalo de Tori a la tienda, por favor.

–Yo voy a por él –Wade se puso en pie y se dirigió hacia la puerta antes que su padre.

Tori esperó con ansiedad.

Volvió unos minutos más tarde con un arbolito de Navidad diminuto, metido en una maceta. Tendría algo más de metro y medio de altura, y estaba decorado con pequeñas bolas de comida para pájaros, guirnaldas de arándanos y palomitas.

–¿Eso es para mí?

–Claro que sí –dijo Molly, con una sonrisa radiante.

Wade se le acercó con el árbol en las manos.

–Cuando mamá nos dijo que nunca habías tenido un árbol de Navidad, toda la familia se quedó consternada. Todo el mundo tiene que tener un árbol de Navidad, por lo que a los Eden respecta.

Wade puso el árbol sobre la mesa, junto a ella.

–Este abeto está vivo y bien plantado, así que cuando haga más calor, puedes plantarlo en otro sitio. Los adornos son para los pájaros, literalmente. Puedes plantar el árbol fuera después de Navidad, y se comerán todos los adornos, así que no tendrás que buscar un sitio donde guardarlos.

Tori no puedo contener la expresión de sorpresa que se dibujaba en su rostro. El regalo estaba muy bien pensado. No sabía qué decir, así que tocó los adornos y contempló el árbol unos segundos.

–Es precioso –dijo finalmente–. Gracias por el árbol. Y por invitarme a cenar. Me habéis salvado estas vacaciones.

Wade sonrió. Tori contuvo el aliento. Jamás le había visto sonreír así. Tragó en seco y bebió otro sorbo de sidra. Él se sentó de nuevo a su lado y agarró su propia jarra.

Afortunadamente, alguien le pidió a Julianne que tocara algunos villancicos en el viejo piano que estaba en un rincón. Heath insistió hasta que su hermana se sentó en el banco y comenzó a tocar. Empezó con *The First Noel*.

–A lo mejor quieres irte antes de que se te haga tarde –le dijo Wade un rato después.

Tori se volvió hacia él.

–¿Ya te quieres librar de mí?

–No –dijo él, volviéndose hacia el piano–. Pero deberías saber que las tradiciones son muy importantes por aquí. Cuando Julianne haya tocado un par de canciones, los hombres se pondrán a ver *El Grinch* en vídeo. Y después papá nos leerá *A Visit from Saint Nicholas* antes de irnos a la cama.

Tori sonrió.

–Eso suena entrañable. ¿Habrá también una fiesta de pijamas, babuchas y esas cosas?

–No. No las hacen de mi talla. Cuando éramos niños, sí. Era divertido. Ahora todo se ha vuelto más triste. Nos hemos hecho más viejos. No hay nietos para poder seguir con la tradición.

–Mmm… –murmuró Tori, bebiéndose el último trago de sidra al tiempo que Julianne terminaba una canción–. Será mejor que me vaya entonces.

–Te acompaño fuera. Mi madre te va a dar un montón de comida, así que te llevo el árbol.

Tori arqueó una ceja, pero Wade no dijo nada. Molly también se levantó al verla incorporarse. Las dos se dirigieron hacia la cocina.

Tori dejó su taza vacía en el fregadero. Wade tenía razón. Había un montón de recipientes llenos esperándola. Molly le dio un abrazo enorme y la acompañó a la puerta.

Evitando el muérdago, Tori agarró su abrigo y se lo colgó del brazo. Se despidió de todos con un gesto y fue hacia la puerta. Wade iba detrás.

Se abrieron paso a través de la nieve hasta donde ella había dejado su camioneta. Ninguno de los dos dijo ni una sola palabra. Tori abrió el vehículo y dejó los comestibles en el suelo del coche. Wade puso el árbol en el asiento. Tiró dentro su chaqueta y cerró la puerta. Wade estaba a su lado, apoyado en la camioneta.

–No ha sido tan malo, ¿no? –le dijo ella en un tono de broma. No sabía muy bien qué decir.

–No. No lo ha sido. De hecho lo he pasado muy bien. Espero que tú también. Le caes bien a mi familia.

–Lo he pasado bien. Son gente muy simpática.

–Sí que lo son. Haría cualquier cosa por protegerles… Sé que crees que soy el lobo malo que te va a robar tu casa. El tema es que sin abogados de por medio, y sin hacer cosas bastante feas que le harían bastante daño a mis padres, no puedo quitarte esta tierra. Y no puedo obligarte a que vendas. Pero espero que después de conocer a mi familia esta noche, entiendas de dónde vengo y lo importante que es esto para mí. Así sabrás que te he dicho la verdad todo el tiempo.

Wade dio un paso adelante, invadiendo su espacio.

–Necesito que… –empezó a decir, agarrándola del brazo–. Necesito que me creas, Tori.

Tori suspiró.

–Wade, ¿qué importa si te creo o no? Quieres mis tierras. Yo no quiero vender.

Wade se encogió de hombros.

–La experiencia me ha enseñado que siempre hay forma de negociar. Todo el mundo tiene un límite. Para algunas personas, se trata de una cifra. Evidentemente ese no es el caso esta vez. Si lo fuera, hubiéramos resuelto el problema el primer día. No planeé que vinieras aquí esta noche, pero a lo mejor sale algo bueno de ello. A lo mejor mi familia te toca la fibra sensible y te ayuda a entenderme. No quiero ser el malo de la película. Me caes bien, Tori. Eres valiente, y preciosa cuando no me estás apuntando con un arma.

Tori abrió los ojos, sorprendida. Entreabrió los labios.

—Me estás halagando para conseguir tu propósito.

—No voy a mentirte. Sí que quiero las tierras. Pero también quiero llegar a conocerte mejor. Y quiero caerte bien. Me gustaría invitarte a cenar alguna vez. Una cena romántica, sin mi familia de por medio, observando todos nuestros movimientos… Es el escenario perfecto. Y los dos conseguimos lo que queremos.

—¿Pero qué sabes tú de lo que quiero yo?

Wade la miró a los ojos. Se inclinó hacia ella y le apartó un mechón de pelo de la cara. Tori contuvo el aliento. Apenas le había rozado la frente y la mejilla, pero no hacía falta más.

—A lo mejor no, así que… Dime. ¿Qué es lo que quieres, Tori?

Ella tragó en seco, pero no se apartó de él.

—Quiero… —se detuvo, como si no fuera capaz de encontrar las palabras adecuadas—. No pensé que llegarías tan bajo como para intentar quitarme las tierras seduciéndome. Como si pudieras…

—¿Es que dudas de mis habilidades? —le preguntó, esbozando una sonrisa pícara. Retrocedió un poco, devolviéndole su espacio.

–No, pero a lo mejor tú sí que estás infravalorando mi capacidad de resistir. Dime… ¿A qué vino ese beso?

–Ya te lo he dicho. Quiero que todos ganemos con esto.

–No voy a vender, Wade. Si todo lo que has hecho esta noche iba en esa dirección, puedes agarrar tu arbolito de Navidad y volver a casa.

Tori cambió de postura y cruzó los brazos. Wade no pudo evitar fijarse en sus pechos. Estaban bien apretados bajo el fino tejido del suéter.

Ella bajó los brazos de repente, deshaciendo el efecto.

–En realidad, no. No solo se trata de eso –dijo él–. También se trata de esta química que hay entre nosotros.

Wade dio otro paso adelante, pero ella no retrocedió. Le rozó la mejilla y le levantó la barbilla con la punta del dedo.

–No soy yo el único que lo siente, ¿no?

Tori sacudió la cabeza.

–Yo también lo siento –susurró ella.

Se acercó más. Sus cuerpos casi se tocaban. De repente Wade volvió a sentir el aroma sutil de su perfume. Todo su cuerpo se tensó. Quería tocarla como lo había hecho antes, pero no podía.

No pudo resistirse más. Capturó sus labios con un beso fiero, sujetándole las mejillas con ambas manos. Sintió las manos de ella sobre el pecho. Sus lenguas se encontraron, bailaron juntas durante un instante.

Wade sintió una descarga que lo recorría de arriba abajo, instándole a reclamar más de lo que debía esa noche. La agarró de la cintura y tiró de ella. Empezó a avanzar hacia delante y la hizo retroceder de espaldas hasta dar contra la fría puerta de metal de la camioneta. Tori le rodeó el cuello con los brazos y deslizó una pierna alrededor de sus caderas, atrayéndole más.

Obligándose a retroceder, Wade le dio un último beso y se retiró. Respiró hondo, tomando una bocanada de ese aire gélido. La agarró de los brazos y la apartó de la puerta del vehículo.

–Lo siento –le dijo–. Tienes que estarte congelando. No lo pensé antes.

–Al contrario –dijo ella. Tenía los labios hinchados y las mejillas rojas–. Tengo mucho calor por alguna razón –sonrió y se sujetó un mechón de pelo detrás de la oreja–. Tú tampoco tienes abrigo. Será mejor que entres o pasarás el resto de las Navidades enfermo. No querrás perderte la película.

Wade sonrió y sacudió la cabeza.

–Estoy seguro de que me esperarán, quiera o no. Quiero que sepas que todo esto no tiene nada que ver con la tierra.

Tori se puso de puntillas y le dio un beso de despedida en los labios.

–Lo sé –susurró contra sus labios–. Feliz Navidad, Wade –subió y arrancó.

Wade la vio desaparecer en la oscuridad y entonces se mesó el cabello con la mano.

–Feliz Navidad, Tori.

Capítulo Seis

El jueves por la noche, Tori estaba en su asiento favorito, frente a la barra de Daisy's. Las vacaciones habían pasado y las sobras de Molly se habían terminado, así que le tocaba volver a la normalidad.

Durante las semanas anteriores había trabado amistad con una camarera que se ocupaba de la barra. Su nombre era Rose.

—Hola, Tori. ¿Qué te pongo hoy? —le preguntó Rose, inclinándose sobre la barra.

Tori apenas miró el menú antes de tomar una decisión.

—¿Qué tal el pastel de pollo y un té?

Rose sonrió.

—Marchando —dio media vuelta y desapareció.

Regresó unos minutos más tarde con una taza de té y una pequeña tetera llena de agua caliente.

—Me sorprende que no te hayas muerto de hambre estas vacaciones cuando estábamos cerrados —dijo Rose con una sonrisa.

—Es que tuve la suerte de beneficiarme de la buena voluntad de los lugareños. Los Eden me invitaron a cenar.

—Los Eden, ¿eh? ¿Han venido todos para Navidad?

–Sí. Creo que estaban todos. Los conocí en No-chebuena. A lo mejor algunos se han ido ya.

La camarera asintió. Había un toque de decepción en sus ojos marrones. Se volvió, y Tori siguió la dirección de su mirada. Su hijo estaba solo en una mesa. El niño no debía de tener más de ocho o nueve años. Cada vez que iba a Daisy's, se lo encontraba haciendo deberes o jugando con la videoconsola.

–Siempre he sentido debilidad por Xander. Salimos cuando estábamos en el instituto, antes de que se fuera a la universidad. Tenía una sonrisa que me derretía. Era encantador. No me extraña que se haya hecho político. La gente se le da bien.

Tori asintió.

–Fue muy agradable. Pero yo estaba más preocupada por Wade. Me ha dado unos cuantos problemas.

–¿Preocupada? ¿Por qué? Mi hermana fue al instituto con él –Rose esbozó una sonrisa pícara–. Hay muchas mujeres de este pueblo a las que no les importaría que Wade Mitchell les diera problemas.

Tori se rió a carcajadas, pero la broma tampoco le hacía tanta gracia.

–Bueno, esa gente diría otra cosa si tuvieran algo que él quisiera. Es muy persistente y puede llegar a ser muy molesto cuando no consigue lo que quiere.

–¿Pero qué tienes tú que él quiera? Acabas de llegar.

–Quiere mis tierras.

Rose frunció el ceño.

–¿Las tierras que acabas de comprar?

Tori asintió y bebió un sorbo de té.

–Eran de su familia y quiere recuperarlo todo.

–No sé por qué. Ninguno de los chicos de los Eden ha mostrado mucho interés en las tierras de su familia. Pero te digo una cosa... Si hubiese alguien que me diera problemas, preferiría que fuera uno de esos chicos de los Eden. Por lo menos así puedes mirar algo bonito mientras sufres.

–Bueno, por muy bien que suene eso, se está convirtiendo en un...

–Bueno, hablando del rey de Roma –Rose se puso erguida y empezó a juguetear con su coleta.

Tori se volvió y... Allí estaba Wade, colgando su abrigo junto a la puerta. Se dio la vuelta antes de que pudiera verla, pero Rose llamaba tanto la atención que al final fue inevitable que la viera.

–Hola, Rosie –dijo Wade, sentándose frente a la barra, unos cuantos asientos más adelante–. ¿Qué tal estás?

Rose se deslizó por la barra como si le hubieran dado un tirón.

–Bien. ¿Y tú?

–Muy ocupado. ¿Qué tal está tu padre?

Tori vio cómo se desvanecía la sonrisa de Rose.

–Está bien. Seguro que se aburre un montón, pero cuando pasas veintitrés horas en una celda, eso es lo que pasa.

Wade se irguió de repente, sorprendido. Al parecer, no estaba al tanto de las novedades de Cornwall. Incluso Tori sabía que el padre de Rose había ido a la cárcel el año anterior. No sabía exactamente por qué, pero no parecía que fuera a salir pronto.

–Oh, no sabía que estaba… Oh, lo siento. Eh, ¿tenéis ese asado especial de la casa hoy?

Rose sonrió de nuevo.

–Solo los lunes. Pero tenemos *roast beef* con salsa de champiñones y puré de patata. Es igual de bueno.

–Muy bien. Y una soda, por favor.

–Marchando –Rose le guiñó un ojo a Tori y se metió en la cocina.

Sola en la barra con él, Tori no sabía qué hacer, así que se limitó a seguir bebiéndose el té.

–Hola, Tori.

Se volvió para mirarle. Llevaba unos vaqueros oscuros y un suéter de cachemira de color negro que le encajaba a la perfección en los hombros, realzando sus espaldas anchas y musculosas.

–Wade –dijo sin más. No quería hablar más de la cuenta.

Wade sonrió de oreja a oreja. No se dejó amedrentar por ese saludo tan frío. Agarró la bebida que Rose acababa de dejarle en la barra antes de volver a entrar en la cocina y bebió un sorbo.

–¿Sueles comer aquí mucho?

–La mayoría de las noches. Ya has visto mi cocina. Te veo muy amigable esta noche.

–¿Y por qué no iba a estarlo? La última vez que te vi, nos enrollamos contra la puerta de tu camioneta.

Tori se sonrojó.

–No lo digas así.

Wade sonrió con desparpajo.

–Muy bien –se acercó para susurrarle al oído–. La última vez que te vi, probé esos labios tuyos que sabían a miel y me quedé con ganas de más.

Rose regresó en ese momento. Al oír las palabras de Wade, apenas un mero susurro, dio media vuelta y se marchó de nuevo.

–Supongo que así está me-mejor –dijo Tori, tartamudeando–. Y sin embargo, no he vuelto a verte desde entonces.

–Quería ir a verte. Créeme. Pero tuve que dedicarle un poco de tiempo a la familia. Solo nos reunimos todos una vez al año. Los últimos se han ido hoy, así que ya estoy libre para empezar a acosarte de nuevo.

–¿Por qué te has quedado si se ha ido todo el mundo?

–Tengo unas cuantas cosas pendientes.

Tori tragó en seco.

–¿Como qué?

–Como tú –esbozó una sonrisa descarada–. ¿Cuánto tiempo llevas en Cornwall?

El cambio de tema fue como una bofetada, pero Tori lo agradeció.

–Dos meses. Llevaba un tiempo mirando en esta zona, pero no había encontrado ninguna parcela que me sirviera para la casa que quiero construir.

–¿Un arquitecto no debe construir una casa que sea acorde al terreno y no a la inversa?

–A lo mejor –Tori se encogió de hombros–. Pero

este va a ser mi hogar, el único que voy a tener. Es el lugar donde viviré durante el resto de mi vida. Llevo años pensando en lo que quiero, y finalmente tengo el dinero y el tiempo para hacerlo realidad. Esta parcela es perfecta para lo que tengo en mente, así que no tienes nada que hacer.

–Te entiendo. ¿Y qué tal va el diseño?

–Bueno, la cosa no va tan rápido como quisiera, pero cuando quieres algo perfecto hay que tardar un poco más de lo habitual. Espero tener los planos terminados esta semana y empezar a construir para finales de enero.

Wade abrió los ojos ligeramente. Arrugó el entrecejo. Tenía cosas en la cabeza que no quería compartir con ella.

–¿Por qué Cornwall? No eres de esta zona, ¿no?

–Sí y no. No soy de ninguna parte. Mis padres viajaban constantemente. Pero vine de visita a esta zona un fin de semana cuando trabajaba en Filadelfia, y me enamoré.

Wade la escuchaba con atención, y eso la ponía nerviosa.

–Yo he vivido por aquí toda mi vida –dijo Wade.

–¿En Cornwall?

–No exactamente.Di muchas vueltas por un montón de hogares de acogida primero. Vine a Cornwall cuando tenía diez años y me quedé aquí hasta que me fui a Yale.

–¿Allí conociste a Stanton?

Alex Stanton era su socio en el negocio cuando Tori trabajaba para él.

–Sí. Empezamos nuestra propia empresa juntos al terminar la universidad, y después, cuando te fuiste, decidimos seguir cada uno por nuestro lado y nos centramos en proyectos distintos. Él quería expandir el negocio al extranjero. Yo, en cambio, quería concentrarme en Manhattan, así que llevo unos años solo.

–Pero los dos juntos podéis hacer dinero mucho más rápido.

–Esa era la idea subyacente en nuestro malicioso plan.

Tori no pudo evitar sonreír.

–Bueno, háblame de las reformas ecológicas que haces. Me gustaría tomar algunas ideas para mis proyectos.

Tori no daba crédito a lo que acababa de oír. Estaba haciendo lo indecible para hacerla sentirse halagada.

–¿En serio?

–Sí, en serio. He invertido mucho en dos empresas con un planteamiento ecologista durante los últimos años. Están avanzando mucho con productos que son menos hostiles con el medio ambiente, y espero que pronto sean accesibles para los consumidores. Creo que la gente se animará a comprarlos cuando los precios bajen.

Sus palabras sorprendieron mucho a Tori. Jamás hubiera esperado que Wade Mitchell fuera de los que invertían en productos ecológicos.

–Estoy de acuerdo. Es por eso que yo intento conseguir la mayor exposición posible para mi trabajo. Quiero generar demanda y fomentar el interés, y con un poco de suerte estas reformas se pondrán de moda y así bajarán los precios.

–Es difícil de hacer. Mi gente ha conseguido poner en marcha una granja ecológica sin esos precios que se comen los beneficios, pero han hecho falta décadas para perfeccionar el modelo.

Tori levantó las cejas por encima del borde de la taza.

–¿La granja de árboles es ecológica?

–Desde hace veinte años.

Wade estaba lleno de sorpresas esa noche. Tori no iba a admitirlo delante de nadie, pero estaba disfrutando con la conversación. Era casi como una primera cita, informal y divertida.

–He estado mirando algunos de tus proyectos más recientes en Internet. Haces un gran trabajo. El edificio de Filadelfia es impresionante.

Tori volvió a sonrojarse. Si trataba de metérsela en el bolsillo, lo estaba haciendo muy bien.

–Gracias. Ya casi está terminado. La inauguración está prevista para poco después de Año Nuevo.

–Ojalá no te hubiéramos perdido en la empresa. Tu talento nos hubiera venido muy bien.

Tori abrió la boca para recordarle quién la había despedido, pero en ese momento apareció Rose con el pastel de pollo, recién hecho y humeante. Era la oportunidad perfecta para centrarse en otra cosa. Se inclinó y aspiró el delicioso aroma.

–Huele genial –dijo Wade, acercándose también–. Te dejo disfrutar de tu comida.

Tori quiso decir algo, pero Rose traía el plato de Wade en ese momento.

–Perfecto –dijo él, contemplando su plato de *roast beef*–. Ahora podemos comer juntos. No era lo que tenía en mente para una primera cita, pero vale.

–¿Cita? –Tori levantó la cabeza.

–Ya te dije que quería llevarte a cenar –le dijo él, tomando un bocado de la carne–. Estaba pensando en una cena con vino y velas, pero podemos dejarlo para la segunda cita.

–¿Ahora estamos saliendo?

Wade se encogió de hombros.

–¿Por qué hay que ponerle etiqueta a todo? Simplemente estamos disfrutando de la compañía del otro, conociéndonos mejor. ¿Qué haces mañana por la noche?

Tori detuvo el tenedor en el aire, a medio camino de su boca.

–¿Por qué?

Wade se giró del todo hacia ella. Tenía el ceño fruncido, pero la luz que había en sus ojos verdes no indicaba más que un poco de exasperación.

–¿Por qué tienes que hacerlo todo tan difícil? Es una pregunta muy sencilla. ¿Tienes planes para el viernes por la noche?

–No –le dijo Tori, y era cierto. Pasaba las mañanas trabajando en los planos de la casa, haciendo llamadas y reuniéndose por videoconferencia pero las tardes solía tenerlas más o menos libres.

–Bueno, ahora sí tienes algo. Te voy a llevar a cenar como Dios manda.

***

Wade no tuvo más remedio que admitir que esa era la primera vez que se ponía un traje de firma, se subía en un todoterreno e iba a un descampado a recoger a una mujer que vivía en una caravana. Se alegró de ver que la luz del día soleado había derretido la mayor parte de la nieve que tapaba el improvisado sendero que llevaba a la puerta del tráiler. Si el sol volvía a salir al día siguiente, la roca con forma de tortuga no tardaría mucho en aparecer... Esa piedra que había servido de lápida...

Llamó a la puerta de aluminio y esperó. Un momento después se abrió.

Lo primero que vio fueron unos zapatos negros de cuero sintético, con unos tacones altísimos. Se ataban al tobillo con una tira muy fina. Más arriba llevaba un vestido de tubo que le acariciaba las caderas, redondas y perfectas. El escote dejaba los hombros al descubierto, y también ofrecía una tentadora perspectiva de sus pechos turgentes y firmes.

Tori sonrió y se puso un abrigo largo de lana. Se había hecho un recogido que dejaba ver la delicada línea de su cuello. Sus ojos azules parecían más misteriosos que nunca con un delineado intenso en color negro y una sombra oscura bien difuminada.

Estaba arrebatadora.

Wade le tendió una mano para ayudarla a bajar las escaleras.

—Estás preciosa.

–Gracias –dijo ella–. Tú tampoco estás nada mal. Creo que nunca te he visto de traje, al menos no desde que trabajábamos juntos.

Wade sonrió y le ofreció una mano para ayudarla a subir al coche.

–¿Entonces adónde vamos?

–Vamos a un sitio que conozco al oeste.

–Creo que he oído hablar de ese sitio. La comida es increíble, pero es muy difícil entrar, ¿no?

–Ese es el sitio.

–¿Cómo conseguiste reservar? He oído que la gente tiene que esperar meses para conseguir una mesa.

Wade se volvió hacia ella con la sonrisa más chulesca que era capaz de esbozar.

–Conozco a la gente adecuada.

–Oh, vaya. Impresionante.

–Fui al instituto con el chef. Somos amigos desde hace mucho tiempo. Siempre que vengo, solo tengo que llamar y me tienen una mesa reservada.

–Bueno, seguro que tienes mucho éxito con todas las mujeres que llevas.

Wade trató de no hacer ninguna mueca, pero no pudo evitarlo.

–Suelo ir solo, o con uno de mis hermanos. Creo que eres la primera chica a la que voy a llevar allí. No suelo quedarme tanto tiempo en Cornwall como para ligar con nadie.

Tori asintió y se volvió hacia la ventanilla. Ya estaba oscureciendo.

–Entonces ¿cuándo vuelves a la gran ciudad?

–No lo sé.

Su plan era recuperar las tierras, pasar las Navidades con la familia y subirse al primer avión que saliera rumbo a Jamaica. A esas alturas ya debería haberse ido, pero las cosas se estaban complicando más de lo previsto. Todos sus hermanos se habían marchado ya, pero él seguía allí, sin las tierras, y sin billete de avión para irse a un paraíso tropical.

Cuando todo terminara, le pediría unas vacaciones a su hermano Brody en su isla del Caribe.

–¿No tienes que atender el negocio?

–No hasta después de Año Nuevo. Mi empresa cierra durante dos semanas para que los empleados puedan disfrutar de las fiestas.

–¿Y tenías intención de pasar esas dos semanas aquí, acosándome?

–No. A estas alturas tenía intención de estar en la playa, tumbado al sol y acosando a las camareras para que me trajeran otra bebida.

–¿Entonces vas a quedarte en Cornwall hasta que me ganes el pulso?

Wade la miró a los ojos un instante.

–Sí.

–¿Y si yo me resisto a propósito para fastidiaste el plan y que te quedes por aquí?

Wade aminoró la velocidad y giró hacia el aparcamiento del restaurante, se detuvo en una plaza y apagó el motor.

–Si realmente estás interesada en que me quede por aquí, hay mejores maneras de hacerlo.

–¿Como cuál? –le preguntó ella.

El desafío le iluminó la mirada.

—Bueno, podrías hacerme el amor salvaje y apasionadamente hasta que ya no soporte la idea de irme de tu lado.

Tori se quedó boquiabierta. Sus labios se movieron, pero no pudo articular palabra.

Caminaron hasta el restaurante. Él la sujetaba de la cintura.

—Y espero que pongas en marcha ese nuevo plan esta noche después del postre —le susurró él al abrir la puerta.

El ruido del restaurante ahogó la respuesta de Tori. Wade saludó a la camarera jefe, la esposa del chef, y la siguió hasta una mesa íntima para dos, situada junto al hogar. Ayudó a Tori a quitarse la chaqueta.

Un momento después llegó el sumiller, Richard, con dos copas de vino. Después de presentarse, puso las copas sobre la mesa.

—Hoy vamos a empezar con un *sauvignon blanc* de 1983, un poco de caviar y espárragos blancos.

En ese momento apareció otro camarero con los entrantes.

—Espero que tengas hambre —dijo Wade, admirando la vanguardista presentación de la comida—. Hay otros nueve platos.

Después de la terrina y de la langosta, llegaron las patatas con trufas negras, el cordero, el sorbete y la *mousse* de chocolate más exquisita que Wade había probado jamás. El vino fluía con tanta facilidad como la conversación.

Al principio, Wade tenía miedo de que la dialéctica antagonista fuera a arruinarles la velada. Disfrutaba mucho discutiendo con ella, pero quería que esa noche fuera diferente. Además, cuanta más confianza tomaba, más cosas le contaba. La información que Brody le había proporcionado le había resultado muy útil hasta ese momento. El tema del trabajo y de la causa medioambiental había abierto una nueva puerta.

Después del tercer plato, empezó a ver que ella se relajaba. Se reía y flirteaba, sonreía, le observaba por encima del borde de la copa de vino... Hablaron del trabajo, de la universidad... Ella le habló de todos los viajes que había hecho de niña, de las cosas que había visto. Le preguntó cómo había sido en el instituto, cómo era crecer con tantos hermanos. Sus vidas habían sido tan distintas.

Casi sin darse cuenta, se quedaron solos en el restaurante. Solo se oía una suave melodía y el crepitar de las llamas en la chimenea.

–¿Has dicho que nunca fuiste a ningún baile en el instituto?

Tori levantó la vista del plato.

–Nada de bailes, ni graduación.

–¿Te gusta bailar?

Ella vaciló un momento antes de contestar.

–No lo sé. Nunca he bailado con un hombre. Quiero decir que... fui a unas cuantas discotecas, pero eso no era bailar de verdad. Nunca he tenido oportunidad. Nada de bailes en el instituto, ni bodas en la familia...

Wade frunció el ceño y miró hacia la zona que estaba junto al lado de su mesa.

–Eso es una verdadera pena.

Se puso en pie y puso la servilleta sobre su asiento. La agarró de la mano.

–Ven.

Tori no puso objeción. Se incorporó y avanzó hacia el espacio abierto que había entre las mesas.

Wade la estrechó entre sus brazos. Le dio unos segundos para acomodarse y entonces la atrajo hacia sí. Comenzó a moverse al ritmo de la música. Al principio ella estaba rígida como una vara. No hacía más que mirarse los pies. Debía de sentirse incómoda porque no sabía muy bien cómo bailar.

–Creo que esto no se me da muy bien –dijo ella, mordiéndose el labio.

–Relájate. Nadie te está mirando. Solo estamos tú y yo –Wade le puso la mano al final de la espalda, la apretó contra su propio cuerpo y empezó a guiarla–. Cierra los ojos y siente la música. Siente el movimiento.

Tori cerró los ojos y se relajó un poco. Se inclinó contra él y apoyó la cabeza sobre su hombro.

Wade también cerró los ojos. Se concentró en sentirla entre los brazos, en palpar su piel satinada. Sus cuerpos encajaban a la perfección; las curvas contra las aristas.

A pesar de todas las complicaciones, a pesar de todas las razones por las que no debía querer a Tori, la deseaba con locura.

Capítulo Siete

Tori nunca había visto a nadie pagar tan rápido. Wade puso un pequeño fajo de billetes sobre la mesa. La agarró de la mano y la condujo fuera del restaurante. Se detuvieron un momento para retirar los abrigos y unos minutos más tarde estaban en camino.

No sabía muy bien adónde iban, pero no importaba. Solo quería llegar lo más rápido posible. Deslizó la mano izquierda por el espacio que había entre ellos y la puso en el muslo de Wade. Palpó la tela suave de su traje; sus músculos se tensaban. La aguja del velocímetro subió de repente.

Tori se envalentonó. Continuó acariciándole el muslo y siguió subiendo.

Le miró con disimulo. Él tenía el rostro contraído y los ojos fijos en la carretera. Era evidente que le costaba mantener el control.

Tori sintió ganas de llevarle al límite. La carretera estaba desierta, oscura. Con una sonrisa taimada, deslizó la mano todavía más arriba, la metió entre sus piernas. Encontró su miembro duro, tenso bajo el tejido de los pantalones.

En ese momento él se movió. Emitió un gruñido.

Ella comenzó a explorar su cuerpo con dedos curiosos, masajeando su erección. Se lamió los labios. Le deseaba tanto. Llevaba mucho tiempo fantaseando con un momento así.

Siempre había soñado con tener algo con Wade Mitchell, y esa noche iba a conseguirlo. Cuando vio la señal que anunciaba la granja de árboles, sintió una ola de alivio. Ya casi habían llegado.

Cuando las ruedas del todoterreno golpearon la grava del sendero, Tori le palpó la bragueta por última vez. Wade gruñó y detuvo el coche de golpe. Habían aparcado delante de un edificio que parecía un granero.

Apagó el motor y se volvió hacia ella. Miró su mano, que todavía le tocaba.

–Tengo que meterte en casa antes de verme obligado a hacerte el amor en el coche como un chiquillo adolescente.

Tori le masajeó de nuevo, sin decir nada. Él le agarró la muñeca y se la sujetó con fuerza.

–No, en serio –le dijo, con los ojos cerrados–. No es muy cómodo.

–Muy bien –dijo ella con una sonrisa, pero solo porque tener sexo en un dormitorio sin ruedas es algo raro para mí –soltó una carcajada y bajó del vehículo.

Estaba demasiado ansiosa como para esperar a que él le abriera la puerta. Wade se reunió con ella y la tomó de la mano. La condujo a la puerta principal. Una vez dentro del edificio, pasó el cerrojo y la estrechó entre sus brazos. Sus labios se estrellaron contra los de ella, la besó con avidez. Tori dejó caer el bolso al suelo y le rodeó el cuello con ambos brazos. Por suerte había escogido esos tacones tan altos. Así estaba más cerca de él y sus cuerpos encajaban a la perfección. Podía sentir su erección contra el abdomen. Ladeó un poco las caderas y comenzó a frotarse contra él. Un gruñido escapó de sus labios.

Wade deslizó las manos por su espalda hasta dar con la cremallera del vestido. Tori sintió un zumbido por la columna a medida que se la bajaba y entonces notó el aire fresco. Él metió los dedos por dentro de la tela y le acarició la piel. Trató de desabrocharle el sujetador. Aunque no quisiera apartarse de él, Tori sabía que necesitaba hacerlo para poder sentir su piel desnuda sobre la suya propia. Se apretó contra su pecho hasta que él dejó de besarla. La agarró de los hombros, le bajó el vestido y lo dejó caer alrededor de sus tobillos. Hizo lo mismo con el sujetador. En ese momento ella solo llevaba unas braguitas de encaje, unas medias muy finas hasta los muslos y los tacones. Podía sentir la mirada de Wade, devorando cada centímetro de su cuerpo. Pensó que quizás sentiría vergüenza, pero el fuego que había en sus ojos era inconfundible. Él la deseaba. A lo mejor había otros conflictos sin resolver entre ellos, pero su deseo era auténtico.

Para tentarle, se quitó las horquillas que le sujetaban el recogido. Los pechos se le endurecían por momentos; los pezones, cada vez más tirantes, le dolían.

Wade la miró de arriba abajo y entonces se quitó la corbata. La tiró al suelo.

–Dios, eres preciosa –dijo él. Su voz no era más que un leve susurro–. Ven aquí.

Tori avanzó hacia él. Deslizó las palmas de las manos por su pecho hasta llegar a los hombros. Le quitó la chaqueta. La prenda cayó al suelo, junto a la corbata. Le desabrochó los botones de la camisa rápidamente.

Cuando Wade se la quitó, Tori contuvo el aliento. Tenía un pectoral ancho, masculino, perfectamente esculpido. Una línea de vello fino y oscuro le atravesaba el vientre hasta perderse por la cintura de los pantalones. Tori la siguió con la mirada, pero justo cuando iba a quitarle el cinturón, él la agarró de la muñeca y tiró de ella.

Fue a dar contra su pecho. Sus pezones se estrellaron contra los músculos que había admirado un momento antes. Él empezó a besarla en el cuello. Le mordía la piel y después la lamía con los labios y la lengua. Enredó las manos en su cabello. Ella cerró los ojos y se concentró en las sensaciones.

Wade le deslizó una mano por la espalda, le acarició una nalga a través del encaje de las braguitas y continuó bajando a lo largo de la cara posterior del muslo. La hizo enroscar una pierna alrededor de su cadera y entonces la agarró de la cintura. Sin dejar de besarla en el cuello, la levantó del suelo y la dejó rodearle con ambas piernas.

Al verse obligada a hacer un movimiento tan repentino, Tori gimió, aferrándose a sus hombros.

Dejó escapar una risotada y echó atrás la cabeza, arqueando la espalda y ofreciéndole los pechos. Él aceptó. Tomó uno de sus pezones en los labios y comenzó a avanzar lentamente. Una descarga de placer recorrió a Tori de arriba abajo. Jadeó. Le necesitaba en ese momento.

–¿La cama? –le preguntó en un susurro.

Él entreabrió los labios un instante.

–Arriba –dijo sin más, y continuó besándola.

Tori miró hacia la escalera que tenía detrás. Se habían movido en esa dirección desde que él la había levantado del suelo. Wade empezó a subir los peldaños, pero ella sacudió la cabeza.

–Demasiado lejos –dijo Tori, casi sin aliento–. Aquí mismo.

–¿En las escaleras?

–Sí, ahora.

Wade no se molestó en discutir. La acomodó encima de uno de los peldaños, sobre la mullida alfombra. Ella se apoyó en los codos. Él retrocedió un poco y la contempló. Su pectoral de acero subía y bajaba como si acabara de correr una maratón. La miró de arriba abajo hasta llegar a sus ojos.

Sin dejar de mirarla con esos ojos verdes tan penetrantes, se desabrochó el cinturón y se bajó los pantalones y los calzoncillos. Tori vio algo brillante en la palma de su mano, pero apenas tuvo tiempo de admirar su magnífico cuerpo. Él se agachó rápidamente y se arrodilló sobre un peldaño, entre sus piernas. Le dio un beso en un tobillo, en la cara interna de la pantorrilla y en la rodilla. Y después le dio otro en el muslo, justo por encima del encaje de las medias. Tori sintió que le temblaban las piernas. Notaba el aliento caliente sobre el centro de su feminidad. Era una tortura deliciosa. Él deslizaba las yemas de los dedos por encima de sus braguitas. Tiró de ellas y se las bajó. Las echó a un lado.

Tori dejó escapar un suspiro al tiempo que él se colocaba encima. Su piel caliente la rozaba, la abrasaba. Lo retomó donde lo había dejado y le dio un beso en la cadera, y después en el abdomen. La fina barba de medio día le rascaba la piel, le hacía cosquillas. Tori podía sentir cómo se movía su boca, sobre su vientre, entre sus pechos... Apoyándose en los codos, Wade comenzó a juguetear con sus pezones, mordiendo y lamiendo hasta hincharlos y hacerlos palpitar.

Tori notaba el roce de su erección contra la cara interna del muslo. Todo su cuerpo ansiaba tenerle dentro, pero él no parecía tener tanta prisa.

Él se apartó un momento. Se protegió y volvió a colocarse entre sus muslos. Esa vez la cubrió por completo, para alivio de Tori. Se había acostumbrado a su calor rápidamente, y perderlo, aunque solo fuera durante unos segundos, la había dejado temblando. Ladeó la cabeza y le miró a los ojos. Wade volvió a besarla y, mientras entraba en su boca con la lengua, la penetró lentamente. Empujó hacia delante y la llenó poco a poco. Tori contuvo el aliento y abrió las piernas para recibirle del todo.

Cuando por fin llegó hasta el fondo, se detuvo. Entreabrió los labios y respiró profundamente.

–Victoria –murmuró contra sus labios–. Eres increíble.

Aquellas palabras sonaron casi tan sensuales como la expresión, casi agónica, de su rostro. Tori levantó las piernas y las enroscó alrededor de su cintura.

Bastó con ese movimiento para arrancarle un gemido de los labios. Tori le sujetó las mejillas con ambas manos. La barba le hacía cosquillas en las palmas.

–Hazme el amor –le dijo, dándole un beso fugaz.

Un destello iluminó la mirada de Wade. Era un desafío. Retrocedió y, sin dejar de mirarla a los ojos, volvió a empujar. Esa vez fue Tori quien gritó de placer. Sin darle tiempo a recuperarse, volvió a empujar una y otra vez. El deseo que llevaba horas creciendo en su interior se había convertido en el más exquisito placer, y el ansia aumentaba con cada embestida.

Todo se había desvanecido, excepto esa sensación. No había tierras que comprar. El empleo perdido no tenía importancia. No había animosidad alguna entre ellos. Ni siquiera sentía el roce de la alfombra en los codos, o la arista del peldaño en la espalda. Lo único que importaba era satisfacer la necesidad.

Tori se aferraba a él, jadeando y susurrando palabras de aliento.

–Sí –repetía una y otra vez. La tensión crecía en su interior y se aproximaba a un punto crítico–. ¡Sí,

Wade, sí! –gritó al verse engullida por una oleada del más puro éxtasis. Su cuerpo tembló.

Él aceleró la cadencia y encontró su propio desahogo.

La apoteosis fue demoledora. Le dio todo lo que tenía para dar y cayó, agotado, sobre ella.

Tori le sujetó con firmeza. El sudor de sus cuerpos desnudos se mezclaba. Respiraban con dificultad. Les faltaba el aliento.

No fue capaz de hablar hasta que la pasión se disipó.

–Vamos a buscar una cama de verdad.

Wade se despertó con el delicioso aroma del café recién hecho y el olor a beicon. Sonrió y rodó sobre sí mismo, esperando encontrar vacío el otro lado de la cama.

Pero allí estaba Tori, de espaldas.

Su madre debía de haber hecho el café.

Volvió a tumbarse. El movimiento hizo despertar a Tori. Se tapó los pechos con la sábana y se incorporó, algo desorientada. Se volvió hacia Wade y le miró aturdida. Tenía el cabello alborotado y los labios henchidos de placer. Era una mujer a la que habían amado con frenesí durante toda la noche.

Y él hubiera querido retomarlo donde lo habían dejado la noche anterior, de no haber sospechado que su madre estaba abajo.

–Buenos días.

–Buenos días –dijo ella, bostezando. Se estiró de

forma felina, acentuando así la curva perfecta de su espalda. Arrugó la nariz–. ¿Estás cocinando algo?

–No.

–Pero yo… –se llevó la mano a la boca–. Molly no estará abajo, ¿no? –levantó la sábana y volvió a bajarla de inmediato–. Oh, no. Todavía están en las escaleras.

Wade se incorporó y sacudió la cabeza.

–No te preocupes por eso. Ya no soy un adolescente. Y creo que conozco bien a mi madre cuando digo que estará encantada de haber encontrado nuestra ropa tirada por ahí. Sabía que te iba a llevar a cenar anoche.

–¿Seguro que no se enfadará?

–Mucho. Ha colgado muérdago en la puerta, ¿recuerdas? Sabe muy bien lo que se trae entre manos.

–¿Y eso qué es?

Wade tragó en seco y miró por encima del borde de la cama.

–Bueno, está poniendo los medios necesarios para conseguir esos nietos que quiere.

Se puso los pantalones del pijama y le dio la espalda a Tori para esconder la carcajada que había suscitado su cara de horror.

–Yo, eh, yo… Quiero decir…

–Relájate. Estoy seguro de que aún falta mucho tiempo para que llegue la próxima generación de los Eden. Iré a decirle que se vaya a casa.

Wade abrió la puerta del dormitorio y bajó las escaleras. Su madre no estaba por ninguna parte, pero era evidente que había estado allí. La ropa había sido recogida y colocada sobre el reposabrazos del sofá. La cafetera estaba encendida y se acababa de colar la última gota de café. Había una jarra con zumo de naranja y un recipiente sobre la encimera. En el medio de la mesa de desayuno había un jarrón lleno de rosas del invernadero, de las que le habían sobrado después de hacer los centros de mesa que vendía en la tienda.

–¿Despejado?

Wade se volvió y encontró a Tori junto a la escalera. Llevaba una sábana alrededor del cuerpo.

–Se ha ido. Nos ha traído el desayuno.

Tori se agachó en el rellano de las escaleras. Recogió sus braguitas. Su bolso estaba junto a la puerta de entrada. Metió la ropa interior dentro.

–¿Desayunamos?

Tori sonrió con timidez.

–Después de la comida de anoche, pensé que nunca volvería a comer. Pero sí que tengo apetito.

–¿Quieres café o zumo de naranja?

–Zumo –dijo ella, recogiendo su vestido rojo.

–En un cajón del dormitorio hay algunas camisas. Puedes ponerte una, si quieres. Son bastante grandes, pero es mejor que un vestido de cóctel. Y debajo del lavamanos hay gel, jabón y esas cosas. Molly lo guarda todo ahí por si alguno de nosotros se olvida de traer algo. Seguro que hay cepillos de dientes y cualquier otra cosa que puedas necesitar.

Tori asintió y regresó junto a las escaleras.

–Estupendo. Vuelvo enseguida.

Para cuando regresó, vestida con una enorme sudadera de Yale, Wade ya había calentado la comida y cortado la fruta que Molly les había dejado en el frigorífico. Le dio un vaso de zumo.

Tori se sentó a la mesa.

–Tiene muy buena pinta. Molly no tenía por qué haberse molestado tanto.

Wade se sentó con su taza de café. Sacudió la cabeza.

–Vive para esto.

Tori tomó unos cuantos bocados, comiendo en silencio y evitando el contacto visual. Wade no sabía si la incomodidad de la mañana de después era mayor tras esa pequeña visita de su madre.

–¿Qué tal estás esta mañana?

Ella se sujetó el pelo detrás de la oreja y bebió un sorbo de zumo antes de contestar.

–Sinceramente, me siento un poco rara porque tu madre sepa que dormimos juntos anoche, y todavía estoy tratando de procesar ese hecho.

–¿Te arrepientes de lo de anoche?

–No. Pero el sexo siempre lo cambia todo. No sé muy bien qué va a pasar a partir de ahora.

–Pues supongo que vamos a tener otra cita.

Tori frunció el ceño.

–No sé si estoy lista para eso. Tres citas en una semana, con un hombre que quiere mis tierras y que me echó de mi primer trabajo en serio.

–Esa espina todavía la tienes clavada, ¿no?

–Sí –admitió ella–. Al margen de lo que tú puedas pensar, yo no hice más que estrecharle la mano a ese hombre, nada más. Era tan ingenua... Y cuanto me echaste, fue como si lo hubiera perdido todo, mi apartamento, la confianza en mis propias habilidades, incluso mi confianza en los hombres.

La expresión de Wade se volvió muy seria.

–¿He dañado tu capacidad para confiar en los hombres?

Tori se encogió de hombros.

–De alguna forma, sí. Pero más bien se trata de mí, de que no estoy segura de si sé o no lo que hago en una relación. Me sentía atraída por ti. Tú eras el jefe, y yo sabía que era una mala idea, pero no podía evitarlo. A veces me preguntaba si el sentimiento era mutuo. Esas dos noches en que nos quedamos a trabajar hasta tarde, pensé que había sentido una chispa de algo.

–Y así fue. Yo quería invitarte a salir, pero no sabía muy bien si era buena idea, porque trabajabas para mí.

Tori suspiró y se echó hacia atrás en la silla.

–Me alegro de no haberme imaginado nada. Una tarde le pregunté a tu secretaria, Lauren. Le pedí su opinión, dado que ella te conocía mejor. Me dijo que iba muy desencaminada, que no era tu tipo en absoluto. Y entonces tú me echaste, y pensé que debía de haberme imaginado unas cuantas cosas.

Para Wade, oír el nombre de su antigua asistente fue como encontrar la pieza que faltaba de un puzle.

–Lauren.

–Sí. ¿Qué pasa con ella?

–¿Qué más te dijo de mí y de mis gustos?

Tori guardó silencio un momento y se volvió hacia él.

–No creerás que…

–Se lo inventó todo –dijo Wade con contundencia–. Lauren fue quien me dijo que te había visto en una situación íntima con uno de nuestros proveedores. Al día siguiente empezaste a hacer recomendaciones… La cronología era muy sospechosa.

–Él tenía un productor que era mucho mejor. No tuvo que seducirme para que apoyara su propuesta. ¿Por qué iba a decir algo así de mí si no era cierto?

Todo quedó claro de repente.

–Lo siento muchísimo –dijo él, sacudiendo la cabeza–. Todo fue culpa mía.

–¿Cómo? Si fue Lauren quien lo hizo, ¿por qué tienes tú la culpa?

A Lauren la había despedido unos meses después que a Tori. Al principio parecía muy agradable, pero tras la marcha de Tori, había desarrollado un comportamiento muy insinuante, poco profesional. No se molestaba en esconder la atracción que sentía por él, aunque él no le hubiera demostrado interés alguno. Después de sorprenderla hablándole a Julianne de forma grosera por teléfono, no había tenido otra opción. Se había visto obligado a despedirla.

–Seguro que estaba celosa. No sé por qué no me di cuenta antes. Una tarde le pregunté si me podía ayudar a averiguar qué clase de flores te gustaban. Iba a mandarte flores a casa y a invitarte a cenar.

–Nunca me llegaron esas flores.

–Nunca llegué a enviarlas. Lauren llegó y me contó esa historia sobre ti al día siguiente. Nunca se me ocurrió pensar que pudiera sentir tantos celos como para sabotearte de esa forma, pero seguro que es eso. Poco después de que te fueras, Lauren me dejó bien claro que estaba interesada en mí. Siento no haberte creído.

Tori asintió y bajó la vista.

–No había forma de demostrar nada. Hiciste lo que tenías que hacer.

–Me siento fatal. Quiero compensarte de alguna forma.

–Eso no es necesario. Sé que te he dado mucha guerra, pero mira dónde estoy ahora. A lo mejor las cosas se pusieron difíciles, pero al final todo tomó su cauce. Si hubiera seguido trabajando para ti, probablemente seguiría allí todavía, ayudándote a hacer dinero, pero nunca hubiera perseguido mi sueño. Cuando perdí mi trabajo, aproveché la oportunidad para empezar mi propia empresa, y fue lo mejor que pude hacer. Cuando pienso en ello de esa manera… No sé. A lo mejor incluso debería darte las gracias.

–Y sin embargo, llevas todo este tiempo furiosa conmigo.

–Estaba dolida porque no me creías. Era fácil echarte la culpa por la crisis que tuve en mi vida justo después. La verdad es que seguramente no estaba preparada para afincarme en un sitio para siempre. Solo me estaba rebelando un poco en contra de mis padres. ¿Quién sabe? Si no me hubieras despedido, a lo mejor yo misma me hubiera ido unas semanas después y hubiera vuelto a mi existencia errante.

–¿Qué te hizo querer afincarte ahora, en este lugar?

–Hace unos años empecé a interesarme por la genealogía. Quería encontrar mis raíces. Mis padres llevaban una vida nómada y nunca llegué a conocer al resto de parientes, nunca supe de dónde venía. Investigando un poco, averigüé que la familia de mi padre era de esta zona, hace unas cuantas generaciones. Cornwall fue el sitio en donde se establecieron cuando salieron de Irlanda.

Bebió un sorbo de zumo antes de continuar.

–Vine aquí sola en una ocasión, aprovechando un fin de semana libre. Vine en coche, a dar una vuelta, más que nada. Pero vi una zona boscosa preciosa. Paré y empecé a caminar. Por primera vez en toda mi vida, me sentí en casa. Era como si hubiera sentado la cabeza de golpe, como si hubiera echado raíces. Me gustaba el sitio y quería quedarme, así que empecé a buscar tierras para comprar. Y no podría haber encontrado una parcela mejor que la que tus padres habían puesto en venta. Aproveché la ocasión y empecé a hacer planes para construir la casa de mis sueños.

Al ver la emoción que le iluminaba el rostro, Wade sintió una punzada de culpabilidad. Ella deseaba encontrar un vínculo con su familia, buscaba una oportunidad para construir un auténtico hogar. Y él quería que lo hiciera. De repente se sentía muy mal por querer frustrar ese sueño... Pero no podía arriesgarse a que encontraran el cuerpo.

—Y una vez más me he metido en tu vida y he intentado arruinarlo todo.

Ella se rio suavemente, pero no le llevó la contraria.

—La vida nunca debería ser aburrida.

Wade vio tristeza en su mirada. Él era el culpable de esa tristeza, en parte... Quería estrecharla entre sus brazos, quería ahuyentar sus penas a base de besos... Quería hacérselo pasar bien y ayudarla a olvidar el pasado, al menos por unos días.

—Quiero llevarte a Nueva York.

Ella levantó la mirada, sorprendida.

—¿Nueva York? ¿Por qué?

—Quiero compensarte por lo que te hice en el pasado y quiero llevarte a un sitio tan emocionante y hermoso como tú. Quiero pasar la Nochevieja contigo en Times Square.

—¿Estás de broma? —Tori se rio—. Preferiría estar en cualquier otro sitio, congelándome de frío, antes que meterme en esa multitud de locos en mitad de Times Square. Lo veré por la tele encantada, aunque te agradezco el ofrecimiento.

Wade sonrió y le agarró la mano.

—Nos vamos a Nueva York. Haz la maleta porque te recojo el lunes por la mañana. Vamos a ver un espectáculo. Vamos a comer una comida riquísima. Y cuando el reloj marque las doce, vamos a estar allí para verlo.

Tori se retorció, pero no se apartó.

—No sé, Wade. Suena todo muy bien, pero no quiero pasar la noche en la calle con este frío, rodeada de millones de personas. Preferiría pasarla sola, contigo.

Wade sonrió. Un nuevo plan estaba tomando forma en su cabeza...

—¿Pero quién ha dicho que vayamos a pasarla en la calle?

Capítulo Ocho

Wade le dio la propina al botones y entró en la habitación principal de la suite del ático. Encontró a Tori junto a los ventanales que abarcaban toda la pared de la habitación. Las vistas de Times Square eran sobrecogedoras. A sus pies se oía todo el bullicio y el ajetreo de la ciudad. Era exactamente eso lo que tenía en mente cuando había reformado ese edificio. El arquitecto había diseñado esa suite, y las ventanas, para una experiencia como la que iban a disfrutar esa noche.

–Es increíble. Puedes verlo todo desde aquí. ¿Cómo has conseguido una habitación como esta con tan poca antelación?

–Fue muy fácil –se acercó por detrás, le rodeó la cintura con los brazos y tiró de ella–. Ayuda conocer al dueño porque has reformado tú el edificio.

–Ah... –dijo Tori, buscando su calor–. Mira cuánta gente hay ya alrededor, y todavía faltan horas.

Le mordisqueó la oreja. Tori respondió arqueando la espalda y apretando las caderas contra su miembro palpitante. Él gruñó contra su cuello.

–Y lo mejor es que estas ventanas están tintadas.

–Nadie puede vernos, ¿incluso de noche con las luces encendidas?

–Eso es –Wade le deslizó una mano por el vientre y le acarició un pecho a través de la sedosa tela del vestido. Tori suspiró al sentir las yemas de sus dedos sobre el pezón–. Nadie me va a ver mientras hago esto, aunque estemos pegados al cristal.

–Eso tiene que ser interesante –susurró ella.

–Ya lo creo –dijo Wade, desabrochándole el último botón de la camisa–. Tenemos toda la noche para poner a prueba mi teoría –fue hacia el siguiente botón.

En ese momento llamaron a la puerta.

Wade recordó que había pedido servicio de habitaciones. Antes le había parecido una buena idea. No se había dado cuenta de lo mucho que se excitaría teniéndola a su lado en el coche. Recordaba demasiado bien el viaje de vuelta a casa tras haber cenado en aquel restaurante…

Tori se apartó. Sonrió al ver la expresión de su cara.

–Lo siento. ¿Esperamos a alguien?

–La cena.

Tori arqueó una ceja y fue hacia la puerta de la suite.

–¿Quieres decir que no me vas a llevar a cenar fuera?

–¿En Nochevieja? ¿En esta zona? No, lo siento. Dijiste que no te gustaban las multitudes, y no hay forma de evitarlas esta noche a menos que cenemos aquí.

Tori abrió la puerta. Entró un hombre con un carrito lleno de manjares cubiertos con tapas plateadas. Se acercó a la mesa del comedor y puso todos los platos encima, destapándolos uno a uno. Había langosta, costillas, patatas asadas a las finas hierbas, habichuelas y una bandeja de fresas grandes y jugosas con una *fondue* de chocolate en el centro. Finalmente puso un cubo de hielo con una botella de champán, y dos vasos.

Wade le dio una propina. El hombre le dio las gracias y desapareció tan rápido como había llegado.

–Vaya banquete que has pedido. No has hecho otra cosa que darme comida rica desde que nos conocimos.

–¿Que no he hecho otra cosa? –repitió Wade con una sonrisa pícara.

–De acuerdo. Has hecho más cosas, pero desde luego no hemos quemado todas estas calorías. Dentro de poco no voy a caber en esta ropa.

–Bueno… –Wade se acercó y siguió desabrochándole los botones–. Será mejor que le pongamos remedio lo antes posible.

Cuando por fin se pusieron a cenar, casi todo estaba frío, pero se podía comer.

–La fiesta empezará pronto y las vistas desde el comedor no son tan buenas. ¿Qué te parece si cenamos aquí en el dormitorio? –le preguntó Wade.

–Estupendo –dijo ella, entrando en el cuarto de baño–. ¿Nos vamos a quedar aquí toda la noche?

–Ese era el plan.

–Muy bien –dijo ella, contemplando la bolsa de ropa que había llevado. Estaba colgada junto a ella en el cuarto de baño.

Wade realmente no le había dicho lo que iban a hacer, así que había metido mucha ropa diferente. Abrió la cremallera de la bolsa unos centímetros y se encontró con el cuello de pedrería de ese vestido que se moría por ponerse.

Era un traje azul noche con escote *halter* y una abertura en el muslo que le llegaba casi hasta la cadera. Lo había comprado sin saber muy bien en qué ocasión podría llevarlo, y lo había metido en la bolsa pensando que iban a ir a algún sitio de moda.

¿Por qué no se lo iba a poner esa noche?

Iba a pasar la Nochevieja en un ático glamuroso en Times Square. Estaba a punto de cenar langosta y champán en compañía de un hombre apuesto. El vestido era la prenda idónea para una velada como esa, ya fuera para cenar en un restaurante, para asistir a una fiesta o para una cena íntima.

Riéndose como una niña, abrió del todo la cremallera y se puso el vestido. Nada más probárselo, le había quedado claro que iba a comprarlo. Le encajaba como si se lo hubieran hecho a medida, ciñéndose a todas sus curvas. Se retocó el lápiz de labios, se atusó un poco el pelo y regresó al dormitorio. Wade había llevado toda la comida a la habitación principal y había extendido una manta en el suelo junto a la ventana. Se había vuelto a poner los pantalones, pero no la camisa, que estaba extendida sobre una silla en el salón.

Tori se alegraba de que no se la hubiera puesto de nuevo. Tenía un pectoral magnífico que no se cansaba de admirar.

Estaba arrodillado sobre la manta, sirviendo las copas de champán. Cuando levantó la vista hacia ella, se quedó de piedra. La mandíbula casi se le desencajó. La miró de arriba abajo y se relamió los labios antes de hablar.

–Te dije que nos quedábamos aquí, ¿no?

–Sí –dijo ella con una sonrisa–. Pero me apetecía arreglarme un poco para la ocasión –extendió los brazos y giró sobre sí misma–. ¿Te gusta?

Wade tragó con dificultad.

–Mucho.

–¿Es demasiado para un picnic en el suelo?

–En absoluto –extendió una mano y la ayudó a sentarse.

–Estando así de preciosa, puedes hacer lo que te dé la gana.

Tori se sonrojó. Se sentía hermosa con ese vestido, pero oírle decirlo la hacía muy feliz, la hacía alegrarse de haber decidido ponérselo, aunque fuera poco práctico. Se sentó a su lado, echó las piernas a un lado y extendió la falda del traje a su alrededor.

Wade le dio una copa de champán y levantó la suya propia para hacer un brindis.

–Por… ser capaz de dejar atrás el pasado, por el nuevo año, y por los nuevos comienzos.

Era el brindis perfecto por muchos motivos. A lo largo de esa semana habían llegado tan lejos… En otra época de su vida, con solo oír su nombre se hubiera puesto furiosa, pero todo había cambiado mucho. En ese momento, sentada frente a él, sentía que todo había dado un giro radical. Pensar en Wade le despertaba una miríada de sensaciones cálidas, chispeantes... Sentía mariposas en el estómago.

Tori chocó su copa contra la de él.

–Por los nuevos comienzos.

Y era eso realmente lo que quería. Un nuevo comienzo... Saber la verdad sobre las circunstancias que habían rodeado su despido le permitía pasar página. Por fin podía dejar atrás todo ese resentimiento que la había acompañado durante tantos años, y se alegraba mucho de ello. No quería que esa nube negra pesara sobre su relación.

Relación...

¿Era eso lo que había entre ellos? Parecía algo más que una simple aventura. Sin embargo, una relación requería mucho más que simple atracción y compatibilidad. También requería confianza, pero no sabía si le quedaba mucha a esas alturas. Wade había dañado la suya seriamente. Y Ryan había destrozado lo que quedaba de ella.

¿Era posible confiar en un hombre? ¿Se podía confiar en un hombre como Wade Mitchell? Parecía imposible. Aunque el asunto del pasado hubiera quedado zanjado, él aún quería apropiarse de sus tierras. Eso no había cambiado.

Bebiendo un sorbo de champán, se dio cuenta de lo mucho que necesitaba confiar en él.

Tragó el sorbo de champán con dificultad.

Llevaba años deseándole, fantaseando con él. A lo mejor era por eso que esa supuesta traición le había dolido tanto. Los sentimientos seguían ahí, enterrados bajo la rabia, esperando aflorar a la superficie en cuanto levantaran las barricadas.

—Me muero de hambre —dijo Wade, ajeno a los pensamientos que pasaban por su cabeza.

Ella tragó en seco.

—Y yo —dijo, pensando que era mejor centrarse en la comida antes que en esos pensamientos peligrosos.

Wade sirvió dos platos y se pusieron a comer en silencio. Habían pasado tanto tiempo en el coche que ya se habían quedado sin temas banales de conversación. Solo quedaban asuntos serios para hablar, pero Tori no sabía si estaban preparados para eso.

—Ya casi es medianoche —dijo Wade, mirando el reloj—. No queremos perdérnoslo. Te voy a servir más champán.

Tori asintió y aceptó su mano para ponerse en pie. Las tenues luces del dormitorio les permitían ver todo lo que pasaba en el exterior con gran detalle. El jolgorio y la alegría de la calle eran contagiosos. De repente sintió el calor de Wade a sus espaldas. Sujetándole la copa, se la rellenó de champán. Había colocado las fresas y el chocolate en una mesa cercana. Le recogió todo el cabello con ambas manos y se lo colocó sobre un hombro. Deslizó los labios por su piel desnuda, desencadenando una descarga de expectación. No importaba cuántas veces hubiera estado con él… Siempre quería más. Su deseo casi parecía empeorar, como una adicción nefasta. Su cuerpo reaccionaba al instante al sentir el tacto de sus manos. El vientre se le contraía.

Wade buscó el cierre del vestido sobre su cuello. No tardó mucho en abrirlo. La fina tela se deslizó por su piel hasta caer el suelo. Se oyó el tintineo de la pedrería. Tori apartó el traje con la punta del pie y puso la bebida sobre la mesa. Él hizo lo mismo. Era evidente que necesitaba ambas manos para lo que había planeado.

Agarrándola de la cintura, la hizo darse la vuelta.

—Todavía tenemos unos minutos. Tiempo de sobra para el postre.

Sin dejar de mirarla ni un segundo, tomó una fresa de la bandeja, la metió en el chocolate y se la puso delante de los labios. Sin embargo, antes de que Tori pudiera morderla, deslizó la fruta a lo largo de su garganta hasta llegar al valle entre sus pechos.

Tori sentía el rastro cálido del chocolate por la piel, trazando un círculo alrededor de uno de sus pezones, del otro… La fresa, ya sin chocolate, continuó el recorrido de vuelta a sus labios.

Le dio un mordisco. El zumo dulce le llenó la boca de inmediato. Masticó, tragó el bocado y siguió mordiendo la fruta. Wade se la sostenía delante de la cara.

—¿No quieres tú?

–No –dijo él con una sonrisa maliciosa–. Me gusta más el chocolate –dejó a un lado el resto de la fruta y se inclinó sobre ella para besarla.

Sus labios sabían a champán. Le enredó los dedos en el pelo y gimió contra su boca. Tori lo tomó todo de él. Sentía que flotaba.

Cuando Wade se apartó por fin, fue para limpiar lo que había ensuciado. Inclinó a Tori en su brazo y ella le ofreció su cuello y sus pechos. Empezó deslizando la lengua por su garganta y no terminó hasta lamer la última gota de chocolate. Tori sentía el calor abrasador de sus labios en el pecho.

Él le chupó los pezones hasta limpiárselos del todo, jugueteando con ellos y mordisqueándolos hasta que se hincharon. Ella gritó de placer al sentir la mordida de sus dientes. Ya no quedaba nada de chocolate, pero él seguía insistiendo, lamiéndola a conciencia. Regresó a sus labios y murmuró sobre ellos:

–Ya casi es la hora. No quiero que te pierdas el espectáculo.

La hizo girar y la puso de cara a la ventana. Estaba completamente desnuda delante del cristal. Era una sensación gloriosa; peligrosa, pero segura al mismo tiempo, ya que nadie podía verla. Wade la hizo inclinarse hacia delante y le apoyó las manos sobre el cristal. Deslizó la palma de una mano por su espalda, la agarró de las caderas y tiró de ella hasta apretarle el trasero contra su erección.

–Queda un minuto. Vamos a ver si puedes aguantar tanto tiempo.

Wade buscó el centro de su feminidad con los dedos y empezó a frotarla arriba y abajo, haciendo crecer la tensión en su interior.

Tori se aferraba inútilmente al cristal, no podía hacer otra cosa. Contuvo el aliento… Wade acababa de introducir un dedo en su sexo caliente. Sus músculos se contraían alrededor. Una ola de placer la sacudió, pero no era suficiente.

–Wade… –dijo, cada vez más desesperada.

–Quince segundos –se inclinó sobre ella y le dio un beso en un hombro.

Tori miró por encima del hombro y le vio quitarse los pantalones.

–Diez, nueve, ocho… –susurró ella.

El orgasmo se gestaba en su interior a toda velocidad y sin duda llegaría antes que el nuevo año.

–Cuatro, tres, dos, uno –Wade la penetró a medianoche.

La famosa bola descendió hasta la base. El número del nuevo año se iluminó, pero Tori cerró los ojos rápidamente y absorbió el impacto de placer.

Wade apenas tuvo que moverse mucho para desencadenarle un orgasmo fulminante. Mientras la gente gritaba y celebraba la llegada del año nuevo, Tori solo oía sus propios jadeos. Él la llenaba, la empujaba, la maravillaba y la tocaba como ningún hombre la había tocado antes. La había llevado a un sitio desconocido, y quería quedarse allí con él, para siempre.

–Oh, Wade –le dijo, a medida que remitían las últimas oleadas de gozo.

Wade le rodeó la cintura con los brazos y tiró de ella hasta apretarla contra su propio pecho.

–Podría hacerte el amor durante toda la noche y nunca tendría bastante.

–Todavía quedan unas cuantas horas –dijo ella, sin aliento.

–¿Eso es un desafío?

Tori se rio y se tensó alrededor de él.

–Desde luego que lo es.

Con un movimiento rápido, Wade se apartó y la tomó en brazos. Ella gritó, sorprendida, pero antes de que pudiera decir nada, se encontró en la cama.

Él se colocó encima en un segundo y la penetró con frenesí. La risa se ahogó en la garganta de Tori y el placer empezó a correr por sus venas de inmediato. Él gemía sobre su cuello, perdiéndose dentro de su cuerpo.

Ella le sujetó contra el pecho, amortiguando sus temblores hasta que por fin le sintió relajarse. Le agarró de la barbilla y le obligó a mirarla a los ojos. Había fuego verde en su mirada, y ella era la culpable. Le dio un beso en los labios; un beso tierno y lleno de significado.

–Feliz año nuevo, Wade –dijo.

El resto del champán se quedó en la botella. Se olvidaron de las fresas. A Wade no le importaba. Tenía a su belleza pelirroja en los brazos, y eso era todo lo que quería. Se sentía en paz. Era posible que jamás se hubiera sentido así en toda su vida. El mundo volvía a estar derecho de nuevo. Tori había obrado el milagro.

En ese preciso momento, con su cabeza apoyada sobre el pecho, sabía que no podía seguir adelante con el plan. Su diseño de seducción había resultado ser un arma de doble filo, y se había cortado con ella.

Las implicaciones eran considerables. Apenas soportaba pensar en las consecuencias para su familia. Si el cuerpo llegaba a ser descubierto, todo se arruinaría. Pero todo había sido un error suyo. Nadie más tenía que pagar el precio.

Tenía que haber otra salida. Ya pensaría en algo. Siempre lo hacía.

–Wade, ¿sigues despierto?

–Sí.

Tori rodó sobre sí misma y le miró.

–¿Por qué me has traído aquí en realidad?

Wade frunció el ceño.

–¿Qué quieres decir?

–El hotel, la comida, el champán… Es mucho esfuerzo para compensarme por lo del trabajo.

–Tú haces que todo merezca la pena.

–Y tú también, ¿sabes?

Wade sintió el impulso repentino de levantarse de la cama e ir a por una copa, pero Tori le abrazaba con tanta fuerza…

–Se supone que solo tienes que decir gracias.

–Gracias –Tori le taladró con sus gélidos ojos azules–. ¿Qué te pasó, Wade?

Él sabía de qué le estaba hablando. No hacía falta especificar más. Era toda una sorpresa, no obstante... Muy poca gente se atrevía a preguntarle por su vida antes de haber ido a vivir con los Eden, así que casi nunca tenía oportunidad de contar la historia. Las personas más importantes de su vida ya la sabían, excepto ella.

–Una persona no llega a cumplir tantas metas, no persigue sus objetivos con tanta vehemencia, si no hay una buena razón –dijo ella, insistiendo–. No tienes que hacer nada para impresionarme. No necesito cenas de diez platos y áticos en Manhattan para querer pasar tiempo contigo. ¿Qué es lo que tratas de demostrar? ¿Y a quién?

Wade suspiró y dejó caer la cabeza contra las almohadas.

Si tenía que hablar de ello, por lo menos estaba oscuro y no tenía que mirarla a la cara.

–Durante mucho tiempo pensé que trataba de ser un buen hijo para los Eden, que quería compensarles por lo mucho que me habían ayudado. Ellos jamás quisieron aceptar mi dinero. Y entonces empecé a preguntarme si no estaba intentando demostrar algo a todos aquellos que... me abandonaron... A lo mejor intentaba demostrarles que yo merecía la pena.

–¿A tu madre?

–Sí. Y a otros también. Mi madre estaba en el instituto cuando se quedó embarazada. Yo no entraba en sus planes precisamente, así que cuando me tuvo, intentó ser madre durante una época, pero las cosas no salieron bien, así que me dejó en casa de su tía. Se suponía que iba a hacer de canguro durante un par de horas, pero me dejó allí y se fue. Estuve con mi tía siete años. Nunca regresó.

Wade la oyó contener el aliento. No quería su compasión. Era por eso que jamás le contaba la historia a nadie. Prefería que la gente le viera como un hombre de negocios, poderoso y fuerte. Ese era el objetivo. Había que esconder toda la miseria de su infancia. Y sin embargo, quería contárselo todo a ella. Quería dejarla entrar en ese lugar prohibido.

—Mi tía nunca se casó y no estaba muy interesada en tener niños, pero tampoco lo pasé mal con ella. No conocía otra cosa. Cuando murió de cáncer de pecho, terminé bajo la tutela del estado. Mi madre nunca había renunciado del todo a sus derechos maternales, así que no podían adoptarme aunque alguien quisiera hacerlo. En todo caso, dudo mucho que nadie quisiera hacerlo, nadie excepto los Eden. Fui de casa en casa durante mucho tiempo. Era un niño furioso, gamberro. Había vivido demasiadas cosas en diez años de vida, y esa era mi forma de lidiar con todo. Supongo que era más fácil apartar a la gente que dejar que alguien se acercara y que luego me echara a un lado. Pero los Eden no jugaron a ese juego. No me dejaron apartarles de mí. Creían en mí, así que cambié de táctica, para llegar a ser el mejor hombre que podía ser.

—Y ahora tienes todo el éxito del mundo. Eres poderoso y tienes una familia que te quiere.

—¿Y sabes lo que me ha traído eso? —le preguntó él. Su voz estaba teñida de amargura.

–¿Qué?

–Una madre que se presentó en mi puerta, tendiéndome la mano.

–¿Y qué hiciste?

–Bueno, tal y como dijiste, siempre he intentado ponerme a prueba para demostrar algo, así que hice lo que sentía que tenía que hacer. Le di una jugosa suma de dinero y le compré una casa lo más lejos de Nueva York posible, en San Diego. Y la hice firmar un contrato por el cual jamás podría volver a contactar conmigo, ni con nadie de mi familia. Si lo hacía, entonces tendría que devolverme todo el dinero.

Tori le agarró con fuerza.

–¿Y accedió a ello?

Él no había estado presente durante la negociación, pero su abogado le había dicho que no había tardado nada en firmar. Una parte de él esperaba que no lo hiciera, que hubiera cambiado y que quisiera conocer al hijo que había abandonado. Había sido un idiota al albergar esa esperanza.

–Sin vacilar. Así que al final resultó que mi dinero y mi éxito no le demostraron nada a nadie.

–¿Y a ti mismo?

Wade sacudió la cabeza. Nadie podía ver en su interior, ver cómo era realmente, nadie excepto él mismo. No había nada que pudiera demostrarse a sí mismo. Sin el dinero y los trajes caros, no quedaba nada. En las cosas importantes siempre fracasaba.

No era capaz de proteger a su familia. Si hubiera hecho bien su trabajo, Heath jamás hubiera tenido que hacer lo que un chico de trece años de edad nunca debería tener que hacer. Julianne no tendría que haber cargado con esos recuerdos oscuros durante el resto de su vida. Sus padres no hubieran tenido que ponerse a vender parcelas de la finca en secreto para mantenerse a flote. Ningún éxito profesional podía compensarle por ese fracaso tan grande a nivel personal.

–¿Pero es eso posible? ¿Puede alguien como yo llegar a un punto en el que ya haya conseguido suficientes cosas? ¿Cómo sabré en qué momento habré expiado todos mis pecados? Siempre queda la posibilidad de defraudarse a uno mismo, o a otra persona.

–A mí no me has decepcionado.

Wade se rio a carcajadas.

–¿Ah, no? Bueno, teniendo en cuenta que te eché sin tener razón, que te acosé sin piedad y que quise arrebatarte tus tierras, supongo que debes de tener un umbral de tolerancia muy alto.

Tori se apoyó en un codo y le miró fijamente.

–No, no lo tengo. Es que creo que se me da bien ver más allá, ver el lado positivo.

–¿Y dónde aprendiste a hacer eso? ¿Recorriste el país estudiando a la especie humana?

–Algo así. La escuela de la vida tienes sus ventajas e inconvenientes. Creo que el hecho de no poder crear vínculos sólidos con las personas me pasó factura cuando crecí. Era demasiado confiada porque nunca había tenido oportunidad de verme en una situación en la que me pudieran hacer daño.

No era capaz de crear relaciones fuertes, como tú, porque no podía. Siempre nos íbamos demasiado pronto. Era una ingenua.

–¿Tú?

–Sí –Tori sonrió–. No siempre fui tan cínica. El mundo real me cambió. Y lo que la vida no me enseñó, me lo enseñó mi ex.

No le había hablado mucho de su relación anterior, pero Wade no dejó pasar el tema.

–¿Qué te hizo?

Tori suspiró y se encogió de hombros.

–Como te dije antes, era demasiado confiada. Se aprovechó del hecho de que yo siempre estaba en movimiento, de aquí para allá. No iba a presionarle para que nos casáramos, ni para exigirle un compromiso mayor, después de tantos años juntos, porque siempre estaba viajando.

Wade sabía adónde se dirigía la historia.

–Estaba casado.

–Con tres niños. Vivía feliz con su esposa a las afueras de Boston. Cuando le dije que estaba pensando en comprarme una parcela en Connecticut, se destapó por completo.

–¿Y ese fue el último hombre con quien saliste?

Tori asintió.

Wade ya se sentía bastante mal por haberla despedido sin motivo hacía siete años, pero saber que había contribuido a socavar aún más su maltrecha confianza en los hombres era una idea insoportable que le causaba gran vergüenza. Se había presentado en su vida de repente, había intentado manipularla. Había querido obligarla a renunciar a esa parcela que tanto esfuerzo le había costado comprar. Se merecía algo más que un fin de semana de lujo en Manhattan. Se merecía una semana en París, o algo mucho mejor... Se merecía que la dejara en paz, que se alejara de ella y que le permitiera seguir con su vida.

–Tori... –empezó a decir. No sabía muy bien lo que iba a salir de su boca–. Lo siento.

–¿El qué?

Wade tragó en seco. Tenía tantos sentimientos encontrados, tantas cosas que quería decirle. Pero no era capaz de ponerlo todo en palabras. No iba a hacerlo, por lo menos no hasta haber lidiado con la situación que le había llevado hasta allí en primera instancia. Aunque no fuera su intención, podía hacerle daño a Tori. Y no quería hacer o decir nada que pudiera agravar ese dolor.

–Todo –susurró.

Capítulo Nueve

Tori entró en Daisy's unos días después con una sonrisa en la cara que no se le borraba. El viaje a Nueva York había sido maravilloso.

De vuelta en Connecticut, y de vuelta a la realidad… No había vuelto a ver a Wade desde entonces. Ambos tenían cosas que hacer. Pero estaba segura de que muy pronto él tendría que volver a su vida en Manhattan, aunque no se lo hubiera mencionado. Tenía un negocio que atender, y ella tenía una casa que construir. Pero habían quedado en verse allí esa noche para cenar.

–Hola –dijo Rose al verla pasar de largo por delante de su asiento habitual–. ¿No te vas a sentar en la barra hoy?

–No –Tori sonrió–. Tengo una cita, así que he pensado que sería mejor un banco.

–Oh, vaya –Rose sirvió el agua caliente para el té de Tori y salió de detrás de la barra con dos menús debajo del brazo.

Se sentó delante de Tori en el banco que esta había elegido.

–Desembucha –le dijo, empujando la taza de agua caliente hacia su clienta.

Tori empezó a juguetear con la taza, consciente

de que a esas alturas debía de tener las mejillas tan rojas como el pelo.

–He quedado con Wade.

–¿Wade Mitchell? ¿Ese hombre que te estaba volviendo loca hace una semana?

–El mismo.

Rose se echó la coleta hacia atrás por encima del hombro y se acercó un poco más.

–Estás enamorada de él.

–¿Qué? –Tori se incorporó de golpe–. No, no. Eso es una tontería. Solo han pasado unos días.

Rose cruzó los brazos por encima del pecho.

–Te puedo asegurar que, con los chicos de los Eden, solo hacen falta unos días.

Las palabras de la camarera fueron como un puñetazo en el estómago para Tori. La verdad la atravesó a ochenta kilómetros por hora. Estaba enamorada de él.

–Me… me gusta mucho –dijo, aunque su mente ya tuviera una versión diferente de los hechos–. Lo pasamos bien juntos, pero no hay nada más. Se va dentro de poco, así que sería una estupidez por mi parte enamorarme de él.

Rose asintió de manera mecánica. Era evidente que no se creía ni una sola palabra del argumento de Tori. Y esta la entendía muy bien. Ella tampoco era capaz de creerse sus propias palabras, aunque fueran sensatas.

No debía enamorarse de Wade. Él se marchaba. No podían ir en serio. No podía confiar en él porque aún quería sus tierras. En la receta de un cuento de hadas no había ninguno de esos ingredientes. La situación era otro desastre en potencia.

Su corazón, no obstante, empezó a latir con fuerza cuando levantó la vista y vio entrar a Wade por la puerta.

–Está aquí –susurró.

Rose se levantó y le dedicó una sonrisa a Wade de camino a la barra.

–¿Qué vas a tomar?

–Café, gracias. Hace un frío tremendo –se quitó la chaqueta y la tiró encima del banco.

Ocupó el lugar de Rose.

Estaba muy guapo esa noche. Llevaba una camisa azul oscuro de raya diplomática muy fina en color gris. Estaba recién afeitado y tenía la piel ligeramente sonrosada por el frío. Tori quería acariciarle la cara. Quería aspirar su colonia.

De repente se sintió como una adolescente enamorada. Darse cuenta de la verdad la había dejado en una posición muy vulnerable, no obstante, no estaba dispuesta a decirle nada.

–¿Cómo estás?

Tori sonrió como pudo.

–Bien. ¿Y tú?

–Bien –dijo él. Miró el menú y comenzó a leerlo sin decir nada más.

Tori hizo una mueca y escondió el rostro en su propio menú. ¿Se habría dado cuenta él? Las cosas se habían vuelto raras de repente. Y todo era por su culpa. Tenía que comportarse de manera normal. Era el mismo hombre con el que había pasado buena parte de la semana anterior, desnuda, en la cama… Después de aquello, una cena en un restaurante local no debía suponer un problema. Tenía que relajarse un poco.

Rose regresó con el café, les tomó nota y recogió los menús. Ya no podían escudarse detrás de nada. En cuanto Rose se metió en la cocina, Tori respiró hondo.

–¿Vas a volver pronto a Nueva York?

Tori casi no quería saber cuánto tiempo le quedaba, pero tenía que preguntar.

Wade asintió.

–Dentro de un par de días. Todavía tengo unas cuantas cosas de las que ocuparme antes de volver.

–Claro. Todavía no me has comprado las tierras –dijo ella con una débil sonrisa–. El tiempo corre.

Wade bajó la vista y bebió un sorbo de café.

–Creo que ya no voy a preocuparme tanto por eso.

Tori levantó las cejas, sorprendida.

–¿Qué?

–Tú no quieres vendérmela. Y no puedo obligarte. No sé qué podría ofrecerte para hacerte cambiar de idea, así que no tiene sentido seguir discutiendo por ello.

Lo que debería haber sido un momento de victoria pasó a ser algo muy distinto en un abrir y cerrar de ojos.

Él acababa de nombrarla ganadora, pero no se sentía como tal. Después de todo lo vivido en los días anteriores, había una parte de ella que no quería derrotarle. En algún momento había llegado a pensar que podría venderle la propiedad si él se quedaba.

Vendiéndole las tierras le haría muy feliz. Y ella quería que fuera feliz. Podía encontrar otra parcela, pero reemplazarle a él sería prácticamente imposible.

Y sin embargo… Si él ya no quería sus tierras, a lo mejor podía tenerle y conservar la propiedad al mismo tiempo. ¿Realmente había renunciado a las tierras o se preocupaba demasiado por ella como para hacerle daño? No le había dicho nada acerca de sus sentimientos… Si iba a volver a Nueva York y a su vida de siempre, lo más seguro era que no sintiera nada. Simplemente se le había acabado el tiempo.

Cuando todo terminara, ya no tendría ninguna razón para odiarle.

–Me gustaría pasar los días que me quedan contigo.

Tori jamás hubiera esperado oír algo así. Si no le iba a quitar la propiedad, entonces quizás hubiera algo más… Suspirando, sacudió la cabeza.

–Me voy mañana. Voy a pasar unos días en Filadelfia. Va a tener lugar la inauguración de mi edificio el sábado por la tarde. Tengo algunas cosas pendientes que hacer. Seguramente no regrese hasta el día siete o el ocho.

–Oh.

La expresión de Wade era de curiosidad, pero también había una pizca de decepción.

–Podrías venir conmigo –le sugirió.

Él la miró y sacudió la cabeza.

–No puedo. Tengo que estar de vuelta en Manhattan muy pronto.

–Supongo que nos veremos algún día en Nueva York, o cuando vuelvas por aquí.

Wade asintió cauteloso. Sin duda debía de saber, al igual que ella, que esa iba a ser su última cita, la última noche que pasarían juntos.

–¿Tienes algún otro proyecto pronto?

–No hasta dentro de unos meses. Me voy a Vermont unos días este verano para diseñar un complejo de esquí. Hasta entonces estaré aquí, trabajando en mi casa.

–¿Ya tienes los planos definitivos?

Tori no podía contestar a esa pregunta. Había completado veinte planos distintos, pero seguía sin saber muy bien lo que quería, y las vacaciones no habían hecho otra cosa que empeorar ese estado de incertidumbre.

–Tengo que tomar unas cuantas decisiones. Eso es todo. Espero que los contratistas puedan entrar en las próximas semanas.

Wade abrió los ojos al oír sus palabras. En ese momento apareció Rose con los platos.

–Debería darte el número de Troy Caldwell. Tiene un equipo excelente. Hacen un trabajo muy bueno.

Tori asintió y trató de concentrarse en la comida.

Charlaron sobre una variedad de temas inconsecuentes durante el resto de la cena. De vez en cuando, Tori levantaba la vista y veía que Wade la observaba con atención. Había vacilación en su voz, preocupación en su mirada. Parecía estar a miles de kilómetros de distancia esa noche. A lo mejor estaba inquieto por algo del trabajo.

La voz de Wade la hizo sobresaltarse de repente.

–¿Quieres venirte al granero conmigo a tomar el postre? Molly ha hecho una tarta de chocolate exquisita.

La estaba invitando a tomar el postre, pero su mirada decía mucho más que eso. Quería tenerla en sus brazos una última vez antes de despedirse para siempre.

Tori sabía que debía decir que no. Todo iba a ser mucho más fácil si se marchaba en ese momento. Aún estaba a tiempo de regresar a la caravana con la dignidad intacta y con su maltrecho corazón.

No fue capaz. Le miró a los ojos y asintió. Todavía no estaba preparada para decirle adiós a Wade Mitchell.

Pasaron otra noche increíble juntos. Wade no quería despertarla a la mañana siguiente, pero sabía que Tori tenía horarios que cumplir. Hubiera preferido quedarse en la cama con ella, con su cabeza apoyada en el pecho. No podía negar que se había acostumbrado a verla allí al despertar, con el pelo revuelto, la cara adormilada…

Pero no tuvo más remedio que despertarla.

Mientras ella se duchaba, bajó para preparar el desayuno. Molly no les había dejado nada ese día.

Comieron juntos, en silencio. Había algo incómodo en el ambiente. A todos los efectos, su relación había terminado. Habían tenido una última cita, la última oportunidad para hacer el amor, y ese era su último desayuno.

Ninguno de los dos quería decir adiós, pero no estaban dispuestos a decir o a hacer algo que pudiera cambiar eso. Ese tenía que ser el final.

Cuando acabaron de comer, la acompañó a su camioneta. Se detuvieron un momento junto a la puerta. Había tantas palabras por decir… Pero él no podía decir lo que quería decir, no hasta haber terminado esa tarea que tenía pendiente. Y para poder hacerlo, Tori tenía que marcharse a Filadelfia. Si las cosas le salían bien, quizás la llamaría… O a lo mejor, si era lo bastante listo, lo dejaría todo como estaba. Si ella llegaba a averiguar la verdad sobre su pasado alguna vez, todo acabaría sin remedio.

Pero eso no significaba que no quisiera un último abrazo. La rodeó con los brazos y la atrajo contra su pecho. Ella se aferró con fervor y no se apartó hasta que él lo hizo, para darle un último beso.

Era el beso del adiós.

Cuando retrocedió, Tori se puso las gafas de sol rápidamente y subió a la camioneta. Wade creyó ver el brillo de las lágrimas en su mirada, pero bien podría haber sido el resplandor del sol de la mañana, que la deslumbraba.

El motor se puso en marcha y Wade siguió al vehículo con la mirada hasta que desapareció por una curva.

Era hora de poner el plan en marcha.

Si había una cosa que sabía con certeza, era que podía llamar a Heath a cualquier hora, para pedirle el favor más extravagante posible. Su hermano pequeño siempre estaría ahí para ayudarle. Era el hermano impulsivo, y eso era precisamente lo que necesitaba. Volvió a entrar en el granero y buscó el teléfono móvil.

–Hola, hermanito –le dijo Heath, contestando rápidamente–. ¿Qué pasa?

–¿Tienes algo que hacer mañana? –Wade fue directo al grano.

–¿Qué necesitas?

–A ti. Un detector de metales de buena calidad y también un toldo de plástico lo más grande posible.

–¿Nada de palas? –le dijo Heath, bromeando.

–Papá tiene. Y también la retroexcavadora, por si lo necesitamos.

Quince años antes solía usar mucho la retroexcavadora para trabajar en la granja. Al enterrar el cuerpo, esa había sido la herramienta más útil, ya que no estaba solo. Nadie había sospechado nada al verle andar de un lado para otro con ella. Pero la tumba no era tan profunda. Con la ayuda de Heath, no tardaría mucho en localizarlo.

–Definitivamente necesitaremos el detector. Casi toda la nieve se ha derretido ya, así que debería ser bastante fácil, pero han pasado quince años… ¿Te apuntas a la búsqueda del tesoro?

–Claro. Sí –dijo Heath sin vacilar–. Entiendo que el plan de comprar la propiedad no salió bien.

–No. Este es el plan B.

Brody le hubiera echado una buena charla acerca del fracaso del plan A, pero Heath siempre encajaba bien los golpes.

–¿Y cuál es el plan B exactamente?

–Encontramos el cuerpo, y lo llevamos a la propiedad de la familia aprovechando que ella no está en la ciudad. ¿Puedes venir mañana?

–Sí. Haré algunas llamadas y conseguiré un buen detector de metales esta noche. Saldré a primera hora de la mañana.

Tori debería haberse sentido muy feliz. La gente se agolpaba alrededor del centro de arte y ciencia que ella había diseñado. La prensa estaba allí también, tomando fotos y grabando para el telediario de la noche. El alcalde le había dado la enhorabuena en persona.

Aquella era la mejor exposición mediática que podía conseguir para su negocio.

Pero no estaba contenta. Se sentía… sola. Era un gran momento para ella, pero no tenía a nadie con quien compartirlo. Puso su mejor sonrisa para las fotos y luchó contra las lágrimas que amenazaban con derramarse en cualquier momento.

Quería compartirlo todo con Wade. Quería que estuviera a su lado, lleno de orgullo. Pero no estaba allí. ¿Y por qué no?

Por una parcela de tierra…

Al final todo se reducía a eso. Había creído que sería algo mágico tener un pedacito de tierra y construir la casa de sus sueños, pero la realidad era muy distinta. Si la tierra era la única cosa que se interponía entre ellos, entonces prefería renunciar a ella.

Si se iba en ese momento, podía llegar a casa en unas pocas horas. Wade quizá siguiera en la granja todavía. Y entonces podía decírselo todo.

¿Pero qué iba a decirle? ¿Iba a decirle que le amaba? ¿Que podía quedarse la tierra porque no era más que tierra y rocas?

Dio media vuelta y se dirigió hacia el aparcamiento. Tenía unas cuantas horas de viaje por delante para pensar en lo que le iba a decir.

Tenía que volver junto a Wade.

Hacía mucho frío en el exterior, pero Wade sudaba como si estuvieran en verano. Y ni siquiera habían comenzado a cavar en serio. La tarde no había transcurrido tan bien como había esperado en un principio. La nieve se había derretido, pero no había rocas con forma de tortuga por ninguna parte, ni tampoco árboles torcidos. A lo mejor la memoria le estaba fallando. A lo mejor no había sido más que un chiquillo asustado, y todo el incidente se había emborronado en sus recuerdos. Ojalá hubiera tenido a alguien a su lado aquella noche…

Habían pasado el detector de metales por toda

la propiedad. De vez en cuando obtenían una señal y se ponían a cavar como locos en el terreno helado, pero solo encontraban una vieja moneda o un destornillador... Al día siguiente se esperaba otra tormenta de nieve, así que debían zanjar el asunto antes del anochecer.

Para cuando Tori volvieran, las evidencias de su incursión quedarían cubiertas bajo una gruesa capa de nieve.

El sol se había puesto un rato antes y la oscuridad empezaba a dificultar la tarea. Heath había encendido las luces delanteras de uno de los cuatro por cuatro, y ambos llevaban linternas, pero la decepción no hacía más que crecer a cada momento que pasaba.

–Wade, no veo rocas con forma de tortuga, por mucho que mire aquí y allí.

–Lo sé –Wade suspiró. A lo mejor el plan había sido una mala idea desde el principio. Aunque pudieran encontrar el sitio, mover un cuerpo que llevaba quince años enterrado no era fácil.

Seguramente ya ni estaba de una pieza.

–No me está sirviendo de nada el detector. ¿Seguro que todavía tenía ese anillo cuando lo enterraste?

–Sí.

Wade recordaba aquel anillo enorme, de oro, con una piedra negra en el centro. ¿Cómo iba a olvidarlo? Una vez le había quedado una marca exactamente igual en la cara.

–Lo recuerdo porque pensé en quitárselo para

que nadie pudiera identificarlo. Pero no sabía qué hacer con él. Al final decidí que era mejor dejarlo donde estaba, ya que él se lo hubiera llevado consigo al marcharse.

—Supongo que fue una buena idea. Nunca podríamos encontrarle si no lo tuviera.

—Estoy empezando a pensar que no vamos a encontrarle, aunque lo tenga.

Wade miró a su alrededor. La cordillera rocosa donde ella había pensado construir estaba al fondo de la propiedad. No hubiera podido enterrar nada allí, a lo mejor el equipo de albañiles no encontraría nada al fin y al cabo. A lo mejor, a pesar de su fracaso, el secreto estaría a salvo.

—¿Estás seguro de que fue en su parcela y no en alguna de las otras? –preguntó Heath.

A esas alturas, Wade ya no quería ni oír hablar de esa posibilidad. Brody había investigado un poco y al parecer estaban construyendo un pequeño complejo turístico. Ya habían empezado las obras, de hecho.

—No, no estoy seguro –admitió Wade, apretando los dientes–. Pero te aseguro que no llegué tan lejos. Esta zona me parece la más parecida. Tiene que ser aquí.

Heath asintió y empezó a mover el detector de metales sobre un área distinta.

—Vamos a recoger y lo dejamos por hoy. Podemos volver a intentarlo mañana por la mañana antes de que empiece a nevar.

Agarraron sus respectivas palas y echaron a andar hacia los todoterrenos. De repente se vieron interceptados por el haz de luz de los faros de un coche.

Wade se quedó inmóvil, como un ciervo en mitad de la noche. Apretó las herramientas que llevaba en la mano. ¿Quién podía ser? Era imposible saberlo. Estaban cegados por el resplandor.

Una camioneta vieja.

Wade tragó en seco. No podía haber vuelto tan pronto. La inauguración era ese día. Le había dicho que regresaría el lunes o el martes como muy pronto. ¿Por qué iba a regresar tan rápido?

Tenía la respuesta en la punta de la lengua, pero no quería pensar en ello, y mucho menos decirlo. La forma en que le había mirado la noche anterior era tan… distinta. Algo había cambiado. Había intentado negarlo durante la cena, y también mientras le hacía el amor. Se había dicho, una y otra vez, que todo era culpa de la despedida.

Era un tonto por haber querido ignorar la verdad. Tori se había enamorado de él.

Y estaba a punto de sorprenderle con las manos en la masa, dentro de su propiedad, con una pala y un detector de metales.

Heath se inclinó hacia él.

–Creo que es Tori. Pensaba que no volvía hasta dentro de dos días. ¿Qué vas a decirle? No puedes contarle la verdad.

Esa era una gran pregunta. Tendría que inventar alguna excusa, porque la verdadera historia tenía que seguir siendo un secreto.

–No tengo ni idea. Pero tú súbete al coche y vete, ¿de acuerdo? Ella y yo tenemos que hablar.

–No te voy a dejar aquí solo. ¿No tenía una escopeta?

Wade había olvidado la escopeta por completo. Con un poco de suerte el arma estaría a buen recaudo dentro de la caravana, y no en la camioneta.

–Sí que te vas. En serio. Estaré bien. Ahora vete. Es mejor así.

Heath se encogió de hombros y dio media vuelta. Cargó todas las cosas en el todoterreno, arrancó y se perdió entre los árboles rápidamente.

Wade seguía sin ver nada, pero oía el ruido de unas botas en el suelo congelado. La silueta de una mujer apareció delante de las luces. Hubiera reconocido esas curvas en cualquier sitio.

Tori avanzó un poco y se detuvo a unos metros. Él iba a decir algo, pero ella cargó contra él de inmediato. Levantó la mano para darle una bofetada. Se lo merecía.

En el último momento, no obstante, ella titubeó y dejó caer la mano. Dio un paso atrás. Respiraba de forma entrecortada. Tenía los ojos muy abiertos, la mandíbula contraída.

–¡Maldito bastardo! Todo este tiempo… Todas esas noches que pasamos juntos eran una mentira. Me estabas utilizando. Me sedujiste para poder meterme en mi propiedad y conseguir lo que querías.

–Tori, las cosas no han sido así.

Wade tiró la pala al suelo y dio un paso adelante. Trató de agarrarla, pero ella retrocedió.

135

–No te atrevas. No trates de suavizarlo todo con tus mentiras retorcidas. Ya he caído en la trampa demasiadas veces. No puedo creerme lo que veo. ¿Cómo he podido confiar en ti si sabía muy bien que eras la última persona de este mundo en quien podía confiar?

–Lo siento mucho. Yo…

–Aquella noche en el restaurante… Lo hiciste muy bien –dijo, prosiguiendo. Su tono de voz se volvía más sarcástico a cada momento–. Me dejaste creer que había ganado. Me dejaste creer que habías renunciado a las tierras, y yo me tragué la mentira como una idiota.

–Eso no fue una mentira. No quiero quitarte tus tierras. Sabía que no podía hacerlo. No podía.

–¿Y qué? Decidiste que era mejor esperar a que yo me fuera para colarte aquí y robarme lo que querías. Así te ahorrabas la molestia y el gasto de medio millón de dólares, ¿no?

Wade bajó la vista.

–No lo entiendes.

–No. Claro que no lo entiendo. Y a lo mejor lo entendería, pero lo has enmarañado todo en una telaraña de mentiras tan espesa que no puedo ver la verdad, aunque esté delante de mis ojos. ¿Qué es lo que buscas, Wade? Es evidente que no es la tierra. Ni tampoco quieres preservar el legado de tu familia, como me dijiste. ¿Qué hay en este lugar que es tan valioso para ti? ¿Qué podría ser tan importante como para arruinar todo lo que… –su voz se quebró.

La voz le temblaba tanto que ya no podía seguir hablando.

Wade sintió una punzada de dolor en el pecho. Jamás hubiera querido hacerle daño de esa manera. Quería contarle la verdad, pero ese secreto no solo era suyo. Les había fallado a sus hermanos en una ocasión, y no podía hacerlo de nuevo. Lo que sintiera por ella no tenía nada que ver.

—Eso no puedo decírtelo. Quiero hacerlo. Créeme. Pero no puedo.

Tori se rio con amargura y cruzó los brazos.

—Pues claro que no puedes. No sé cómo pude confiar en ti. No sé cómo pude tropezar dos veces…

—Tori, por favor —Wade quiso agarrarla, pero ella se apartó.

Extendió un brazo, obligándole a mantener las distancias.

—No me vas a tocar de nuevo.

Dio media vuelta y regresó a la camioneta. Apagó las luces, cerró la puerta con brusquedad y se dirigió hacia la caravana.

Wade avanzó unos pasos, con intención de seguirla. Quería hablar con ella, ayudarla a entender.

—¿Sabes una cosa? Cuando estaba en Filadelfia, empecé a pensar que quizás esta parcela no era tan importante después de todo. Puedo construir una casa aquí, pero si las cosas que la convierten en un hogar están… en otro lado… ¿Qué sentido tiene? Parecía tan importante para ti preservar el legado de tu familia… Pensé que era justo que tuvieras esta tierra. Cuando terminó la inauguración me vine a casa para decirte que quería vender la tierra, y también otras cosas que ya no tienen importancia.

Wade cerró los ojos. La había defraudado. Lo había arruinado todo colándose en su propiedad, tratando de arrebatarle aquello que ella estaba dispuesta a dar de buena gana. Era un idiota impaciente, y no había argumentos en su defensa.

–¿Puedo pedirte una cosa? A lo mejor esta es una pregunta a la que sí puedes responder.

Wade levantó la vista hacia ella.

–¿Solo se trataba de la tierra? Las cenas, el viaje a Nueva York, las fresas con chocolate… ¿Todo fue un ardid para engatusarme y arrebatarme lo que no quería darte, o hubo algo que tuviera otro significado para ti?

Wade quería gritar que sí. Quería tomarla entre sus brazos y colmarla de besos hasta aplacar toda su ira. Pero ese ceño fruncido y esos ojos de hielo le hacían preguntarse si la verdad empeoraría las cosas. ¿Qué le haría más daño? ¿Saber que lo que habían compartido era especial y que él lo había estropeado todo, o creer que todo había sido un juego?

–Tori, yo…

–Espera… Olvida lo que he dicho. Creo que prefiero no saberlo. Adiós, Wade –una lágrima solitaria se deslizó sobre su mejilla.

Dio media vuelta y entró en la caravana.

Capítulo Diez

–Tienes una pinta horrible.

Wade levantó la vista del escritorio y se encontró con Heath, parado en la puerta de su despacho. No podía negar que no le sorprendía la llegada tan repentina de su hermano pequeño. Llevaba más de una semana evitando las llamadas, los mensajes y los correos electrónicos de sus hermanos. Había cancelado una cena en casa de Brody. Seguramente no faltaba mucho para que mandaran a alguien en su busca. Como Heath vivía y trabajaba en Manhattan, era el embajador más conveniente.

Wade bajó la vista y miró el reloj.

–Ocho días, trece horas y cuarenta y dos minutos. Eso significa que Linda gana la porra.

–Muy gracioso –dijo Heath. Entró y cerró la puerta–. ¿Qué pasa contigo últimamente? Has estado demasiado callado.

Wade se encogió de hombros.

–He estado ocupado. El trabajo siempre aumenta después de las vacaciones, y todo el mundo tarda un poco en retomar el ritmo.

–¿El resto de la gente te cree cuando dices eso?

Wade suspiró y se recostó en el respaldo de su silla de cuero.

–Nadie más se molesta en preguntarme, así que todavía no tengo mucha práctica.

–Dime la verdad. ¿Cómo estás?

–Bien.

Heath se sentó en una de las sillas para invitados y apoyó los pies en el borde del escritorio de caoba. Taladró a Wade con sus ojos color miel.

–Brody tenía razón –dijo después de unos momentos de silencio–. Estás enamorado.

La afirmación hizo saltar a Wade de la silla. ¿Qué sabía Brody acerca del amor? Él, que era un ermitaño...

–Eso es absurdo.

Heath sacudió la cabeza.

–Ella te quiere también. ¿Sabes?

–¿Cuándo se convirtieron en videntes mis familiares?

–Mamá la vio en la tienda de comestibles. Me dijo que estaba destrozada. No sabe muy bien qué pasó entre vosotros dos, pero está muy triste por todo.

–No salgo con mujeres para complacer a mamá. Tendrá que enfocar sus habilidades casamenteras hacia ti, para variar.

–No debería malgastar su tiempo –dijo Heath con una enorme sonrisa–. Yo ya estoy casado.

–Qué risa. Sigue contando esa historia y empezará a exigirte esos nietos que quiere.

Heath se estremeció.

–El caso es que está muy triste. Y tú también.

–Yo no.

–Bueno, no es que seas la alegría de la huerta en este momento. Llevas un tiempo evitando a todo el mundo. Tienes unas ojeras enormes. La corbata ni siquiera te hace juego con la camisa. Es evidente que no duermes.

Wade se miró la camisa azul y la corbata verde claro que llevaba. Hubiera jurado que había tomado la de color azul a rayas.

–Tengo vecinos nuevos. Hacen más ruido de lo normal, y después de haber pasado semanas en la granja, ya me había acostumbrado al silencio.

–¿Y no tiene nada que ver con la pelirroja cuyo corazón rompiste hace una semana?

Heath no estaba dispuesto a dejarlo pasar. Wade sabía que si no le decía algo, su hermano acabaría haciéndole una llave y obligándole a confesar.

Decidió contestar a la pregunta sin contestarla en realidad.

–Está mucho mejor sin mí.

–¿Pero no crees que eso es decisión de ella?

Wade se encogió de hombros.

–No tiene importancia. Ella me odia.

–Eso lo dudo. Simplemente está dolida. Tu traición fue mucho peor porque se había enamorado de ti.

–Ella no ha dicho eso.

–¿Y por qué demonios iba a decirlo? Además, no necesitaba decirlo. Ambos sabemos que volvió a casa a toda prisa desde Filadelfia. Y aunque te odie ahora, eso no cambia las cosas. Todavía estás enamorado de ella.

Wade empezó a sentir una presión en el pecho al oír las palabras de Heath. El dolor le acompañaba desde que Tori le había cerrado la puerta de la caravana en la cara.

Estaba enamorado de una mujer que lo odiaba.

–Nunca me va a perdonar por haberle mentido de esa manera. Y no puedo contarle la verdad. No puedo ir a verla como si nada y decirle que la quiero y que tiene que confiar en mí.

–¿Sabes? Hace quince años nuestras vidas dieron un giro inesperado. Hemos podido seguir con nuestras vidas a todos los efectos. Nos acordamos. Está claro. Tenemos ese peso sobre nuestra conciencia. Nos preocupa haber manejado mal el asunto y haber empeorado las cosas. Rezamos para que nadie averigüe nunca lo ocurrido. Pero durante más de veintitrés horas al día, soy capaz de vivir mi vida como si nada hubiera pasado. ¿Y tú?

–Normalmente sí. Hasta que me enteré de que papá había vendido las tierras.

–Pero antes de eso… ¿Eras feliz?

–Estaba satisfecho con la vida que llevaba.

–¿Y ahora?

–Y ahora… Supongo que, usando tus palabras, me siento muy triste.

–Hemos decidido que deberías decirle la verdad.

Wade arqueó una ceja al oír las palabras de su hermano.

–¿Hemos? ¿Es que habéis celebrado un concilio en secreto sin mí?

142

–Sí –dijo Heath con contundencia–. Hablamos de ello y hemos decidido que no deberías renunciar a tu oportunidad de ser feliz simplemente para protegernos.

Wade casi tuvo ganas de echarse a reír, pero entonces se dio cuenta de que Heath hablaba en serio.

–No voy a dejar en evidencia a todo el mundo, y me incluyo a mí mismo, por una mujer.

–No se trata de cualquier mujer, Wade. Es la mujer que amas. ¿Quieres casarte con ella?

–Si me acepta…

–Entonces puedes decírselo. Después de la boda.

Wade abrió la boca para decir algo, y entonces se dio cuenta de lo que tenían en mente. Si se casaba con Tori, podría contarle todo y ella no se vería obligada a testificar en su contra.

–No se va a casar conmigo a menos que le cuente la verdad. Y no puedo contarle la verdad a menos que se case conmigo, así que… Realmente no voy a ningún sitio con todo esto.

Heath se encogió de hombros.

–No estoy de acuerdo. Cuando entré por la puerta, estabas bien. Ahora eres un hombre enamorado que quiere casarse. Creo que has progresado mucho. Ahora solo tienes que ir a decírselo.

–Sí, claro. Tori, te quiero y quiero casarme contigo. Y una vez te cases conmigo, podré contarte cómo enterré a un tipo en tu finca. Me temo que un día te lo vas a encontrar, cuando empieces a cavar para construir la casa de tus sueños.

–Esas no son las palabras que yo te recomendaría. Pero si te presentas allí, le dices que la quieres, le ofreces un anillo para demostrarle que vas en serio, y le explicas de dónde vienes, creo que lo entenderá.

Wade frunció el ceño y miró hacia otro lado. Tori le había escuchado una vez, no obstante… Y le había perdonado. Cerró los ojos y se imaginó a Tori como la había visto justo antes de que se fuera a Filadelfia. Sus ojos azules estaban cansados, pero el amor que había en ellos era innegable. A lo mejor aún no había perdido la oportunidad. Quizá hubiera esperanza.

No podía seguir así por mucho tiempo más. Si ella le rechazaba, no perdía nada, porque ya se lo había dado todo.

Heath miró a su hermano. Su expresión era todo lo seria que podía ser.

–Todo va a salir bien.

–Siempre fuiste el optimista de la familia –Wade acercó la silla a la mesa. Un nuevo plan empezaba a fraguarse en su cabeza–. Muy bien, lléveme al joyero más ecologista de toda la ciudad.

Wade no podía esperar ni un segundo. Tenía que estar en Connecticut al día siguiente fuera como fuera.

–Basura. No es más que basura.

Tori arrancó de cuajo la hoja del cuaderno, la hizo una bola y la tiró a la papelera. Era el último plano que había hecho para la casa. El contenedor ya estaba a rebosar de papel.

Llevaba toda una semana intentándolo, pero ninguno le convenía, ni siquiera aquellos con los que estaba satisfecha antes de que Wade entrara en su vida.

A lo mejor lo de sentar la cabeza era una mala idea. A lo mejor su madre tenía razón cuando decía que los Sullivan tenían un espíritu libre que huía de las cadenas del típico sueño americano. Un mes antes la idea parecía ser el plan perfecto. Estaba llena de proyectos, diseños. Fantaseaba con su nuevo ropero, un sitio donde habría espacio para algo más que cinco pares de zapatos. Soñaba con su enorme cocina, con un salón amplio, con un enorme sofá y una televisión gigantesca.

Pero todo eso había quedado atrás rápidamente. En ese momento lo único que le aceleraba el corazón era pensar en Wade. Pero él ya no estaba. Y se había llevado un pedacito de ella consigo.

Tori masculló un juramento y lanzó el lápiz contra la pared de metal de la caravana.

Viviendo en la propiedad de los Eden jamás se libraría de Wade Mitchell.

Pero no quería huir de él. Quería volver a tener entre sus brazos a ese mentiroso encantador. Se quedó mirando una página en blanco del cuaderno, pensando en lo ocurrido. Desde su marcha, había revivido la escena una y otra vez, y había podido centrarse en esas palabras que la rabia no la había dejado escuchar.

145

Fuera lo que fuera lo que buscaba, era importante. La tierra en sí no tenía ningún valor real para él. Se trataba de algo más. Si no hubiera decidido regresar a casa tan pronto…

Tori volvió a mirar la hoja de papel en blanco. Tomó un lápiz nuevo, respiró profundamente e intentó algo distinto. ¿Cómo podía diseñar una casa para Wade y para ella?

El lápiz se movía frenéticamente. Las habitaciones aparecían sobre el papel a un ritmo vertiginoso. Transcurrió toda una hora hasta que por fin quedó satisfecha con el resultado.

Se echó hacia atrás y contempló el diseño. Esa era la casa que quería, la casa en la que estaba Wade. Miró la habitación de invitados de la segunda planta, que estaba justo al lado del dormitorio principal. Esa podía ser la habitación de los niños. Casi podía ver el papel de la pared, de color verde y marfil. Las ventanas grandes dejarían entrar una gran cantidad de luz natural. Wade podía sentarse en la mecedora y leerle cuentos a su hijo…

De repente sintió lágrimas en los ojos. Agarró el boceto por el borde. Quería echarlo a la basura, pero no podía. Esa era la casa que quería.

El ruido del motor de un coche interrumpió sus pensamientos. Se puso en pie y fue hacia la ventana.

Era un utilitario rojo… El corazón se le aceleró de inmediato. Se apoyó contra al fregadero y asió con fuerza el borde de la encimera. Las rodillas le fallaban. Wade se había ido a Nueva York una semana antes. ¿Por qué había vuelto a Connecticut? ¿Para disculparse? ¿Para ofrecerle dinero? Su mente buscaba opciones distintas, pero ninguna cobraba sentido.

Miró a su derecha, agarró la escopeta y se dirigió hacia la puerta. Estaba enamorada de él, pero todavía estaba furiosa, y herida. Tenía que hacérselo saber.

Abrió la puerta de par en par y salió a la nieve. Había habido tormenta ese día y todo estaba cubierto por un manto blanco.

Cuando se dio la vuelta le vio junto al coche, con los brazos levantados, rindiéndose.

Tenía un ramo de tulipanes en una mano.

—No dispares —le dijo con esa sonrisa que tanto había echado de menos.

Ella levantó el arma y escudriñó su rostro. Parecía mayor, más cansado de lo habitual. Con un poco de suerte habría tenido una semana casi tan mala como la suya.

—¿Qué quieres?

—He venido a hacerte una oferta.

Tori necesitó hacer acopio de toda su fuerza de voluntad para no llenarle el cuerpo de agujeros.

—Llegas tarde. No te vendería la propiedad ni aunque me dieras todo tu dinero. Y las flores tampoco te van a servir de mucho.

Wade asintió. Había una chispa risueña en su mirada que resultaba de lo más desconcertante. Tori sintió que le hervía la sangre.

—Está bien. No estoy aquí para comprar la tierra.

Ella frunció el ceño.

–Si no quieres la tierra, ¿qué es lo que quieres, Wade?

–Te quiero a ti.

La intensidad de su expresión era innegable. Sus ojos verdes la atravesaban de lado a lado. Casi no la dejaban respirar.

La quería a ella, y no la tierra, ni tampoco quería lo que estaba escondido en ella.

Tori sintió que el corazón le daba un vuelco, pero no movió ni un párpado. No se lo iba a poner tan fácil.

–No estoy interesada en seguir saliendo a cenar por ahí. Lo único que conseguí con ello fue una buena indigestión.

Wade esbozó una sonrisa.

–Muy bien. No he venido para invitarte a salir. He venido a decirte que estoy enamorado de ti.

Las manos le empezaron a temblar. La escopeta casi se le escurrió entre los dedos. Se quedó allí, boquiabierta.

Él avanzó hacia ella.

–Aclaremos esto de una vez, ¿de acuerdo? –le quitó la escopeta de las manos y la puso a unos metros de distancia–. Preferiría que nuestra historia de amor no se convirtiera en una tragedia –le dio el ramo de flores. Eran sus favoritas.

Pero Tori nunca se lo había dicho.

–¿Cómo lo has sabido?

–Brody es un genio. Puede averiguar casi cualquier cosa con un ordenador. He esperado siete años para darte esas flores –la agarró de los antebrazos y empezó a acariciarla suavemente–. Lo he pasado muy mal desde que discutimos. No puedo olvidarme de esa noche. No puedo dormir. Lo único que veo es tu cara cuando te alejaste de mí, y me rompe el corazón. Daría lo que fuera por verte sonreír de nuevo. Hoy, y durante el resto de mi vida… Quiero contarte la verdad, toda la verdad. Pero no solo es mi secreto. Podría herir a otras personas si la historia llega a salir a la luz. Pero sí que puedo decirte algo… Hubo un tiempo en que era muy joven y muy estúpido. Cuando tuve que enfrentarme a algo a lo que ningún niño debería tener que enfrentarse, tomé la decisión equivocada. Creo que la evidencia de aquella noche está en algún sitio, dentro de tu propiedad. He hecho todo lo que he podido para asegurarme de que nadie la encuentre jamás. He hecho algunas cosas en las semanas anteriores de las que no estoy orgulloso. Pero hice lo que tenía que hacer para proteger a mi familia. Ya sabes lo importantes que son para mí. Les protegería dando mi vida por ellos si fuera necesario, y haría lo mismo por ti. Y de momento tengo que seguir protegiendo este secreto, de la misma manera que protegería cualquier secreto tuyo.

Tori podía ver auténtico dolor en la expresión de Wade. El pasado le comía por dentro cada día. ¿Cómo no se había dado cuenta antes?

Estaba echando abajo todos esos muros, por ella. Todo lo hacía por ella. Aunque no pudiera contárselo todo, estaba haciendo un gran esfuerzo, y eso era de agradecer. Aunque no estuviera segura de nada más, sí sabía que él estaba dispuesto a hacer cualquier cosa por la gente a la que amaba. Y si la amaba a ella tal y como decía amarla, entonces la protegería de la misma forma.

Esa sensación de seguridad y estabilidad era completamente desconocida para ella. Después de toda una vida errante, jamás había experimentado algo parecido. Ni siquiera lo había conseguido al comprar las tierras.

—Algún día espero poder contarte el resto de la historia. Y espero que me escuches para que sepas todo lo que he hecho y para que confíes en mí cuando te digo que... me equivoque o no, siempre he tenido las mejores intenciones. Rezaré para que lo comprendas todo porque eres una mujer preciosa, inteligente y te adoro. Me hace muy feliz estar en la cama contigo, escuchando cómo respiras, sin más. Quiero despertarme contigo cada mañana y verte con el pelo alborotado y la cara adormilada. Y quiero hacerlo aquí, en Connecticut, en la casa que has diseñado.

Tori contuvo el aliento.

—¿Te vendrías a vivir aquí?

Él asintió.

—Lo haría. Casi todo lo que hago en el despacho lo puedo hacer desde aquí por videoconferencia. Puede que tenga que ir a la ciudad de vez en cuando, pero cuando lo haga, querré llevarte conmigo. No me gusta la idea de viajar sin ti.

—Pero yo...

Tori empezó a decir algo, pero no terminó. Wade acababa de apoyarse en una rodilla. Se sacó una cajita del bolsillo.

–Wade...

Las flores se le cayeron al suelo.

–Victoria Sullivan –empezó a decir él. Abrió la cajita y se la mostró–. ¿Me concederías el honor de convertirte en mi esposa?

Tori contempló aquel anillo , brillaba tanto con el resplandor de la nieve que casi la cegaba. Había llegado el momento de decir lo que tenía que decir.

–Sí –dijo. Sintió el picor de las lágrimas.

Wade volvió a ponerse en pie y le puso el anillo. Le encajaba a la perfección.

Ella miró al hombre que muy pronto sería su esposo.

–Te quiero.

–Y yo te quiero a ti –Wade le dio un beso.

Tori se derritió en sus brazos, se perdió en esa sensación exquisita de estar junto al hombre al que creía haber perdido para siempre y sin remedio. Un deseo irrefrenable empezó a calentarle la sangre. Quería meterle en la caravana y dejar que le hiciera el amor con locura.

–Y ahora entremos. Te tienes que cambiar esos pantalones mojados.

Wade arqueó la ceja al oír la sugerencia. Se vio las rodillas húmedas y después miró a la caravana.

–Muy bien. Pero después tienes que seguir diseñando la casa.

–¿Por qué?

–Porque... me temo que si te hago el amor como quiero hacerlo, esta caravana va a salir rodando valle abajo. Y necesito una casa. Sin ruedas. Tan pronto como sea posible.

–Haré todo lo que pueda –le tomó de la mano y le condujo hasta la caravana.

Epílogo

Dos meses más tarde

–Recuérdame por qué estamos escondiendo huevos en la oscuridad –Tori miró hacia el otro lado del jardín. Allí estaban Wade y Brody.

Ambos se reían mientras escondían huevos de Pascua de plástico entre los arbustos y detrás de los troncos de los árboles.

Brody se irguió y se encogió de hombros.

–Es la tradición. Como lo de ver la peli en Navidad. No cuestiones nuestros métodos.

–Pero no hay niños que los vayan a encontrar.

–No importa –le explicó Brody–. Wade y yo siempre hemos escondido huevos para nuestros hermanos pequeños. Y te juro que si Julianne y Heath se despiertan y no hay huevos que buscar... Correrán cabezas...

–Ya sabes... Cuando Wade me lo dijo, pensé que se refería a que sus padres celebraban una especie de competición consistente en buscar huevos, y que invitaban a todo el vecindario. No me imaginé que terminaría en mitad del bosque, escondiendo golosinas para vuestro hermano de veintisiete años de edad.

–Es una buena práctica –dijo Wade, guiñando un ojo–. Si mamá se sale con la suya, habrá niños buscando huevos por aquí muy pronto.

–Sí, bueno… No sé por qué toda la presión se concentra en mí, si hay otros cuatro hijos en la familia. Tenemos que conseguirle una novia a Brody.

–Nanai –dijo Brody–. Muy graciosa. ¿Por qué no me consigues un unicornio y una máquina del tiempo ya que te pones? Así podré volver a los noventa y clavarle el cuerno del unicornio a mi padre antes de que arruine mis expectativas de conseguir novia.

Tori sacudió la cabeza y puso un huevo debajo de los peldaños del porche. Durante los meses anteriores había llegado a conocer muy bien a la familia de Wade, y también al refunfuñón de Brody.

–¿Y cómo quieres conocer a chicas si nunca sales? –le preguntó Wade, provocándole–. ¿Quieres pedir una por Internet y que te la traigan a tu despacho?

Brody le lanzó un huevo a su hermano. La carcasa de plástico se abrió en dos con el impacto y las golosinas salieron volando por todas partes.

–Imagino que el envío sería carísimo, así que no. Ya tengo a una mujer en mi vida. Muchas gracias.

Wade se vengó tirándole otro huevo.

Brody se agachó y esquivó el proyectil, que terminó dando contra un árbol que estaba detrás.

–Agnes no cuenta. Es tu secretaria, y tiene cincuenta y tantos. Además, está casada y tiene nietos.

–¿Crees que no lo sé? Ya ha empezado a decir

que su aniversario será en otoño. Dice que quieres tomarse unos días libres.

—Muy bien. ¿Se van de viaje para celebrarlo?

—Sí —contestó Brody, suspirando—. Es un año importante. Al parecer, han reservado un crucero por el Mediterráneo.

—Eso suena muy romántico —dijo ella.

Brody sacudió la cabeza. No estaba muy convencido.

—Pero no para mí.

—Agnes es su única conexión con el mundo exterior —le explicó Wade—. Sin ella, está tan indefenso como un bebé.

Tori no podía ni imaginarse cómo sería vivir en el mundo de Brody, completamente aislado del mundo. Según lo que Wade le había contado, tenía una asistenta en casa que le ayudaba con las tareas domésticas mientras estaba en la oficina, pero siempre se marchaba antes de que él llegara. En el trabajo tenía a la secretaria y, exceptuando unas cuantas visitas familiares, pasaba solo el resto del tiempo. Vivía recluido en su casa.

—¿Y qué vas a hacer cuando se vaya?

—No lo sé —dijo Brody, poniendo los últimos huevos encima de la manguera del jardín, que estaba enrollada en un rincón—. He tratado de no pensar en ello. Aún tengo varios meses para tomar una decisión.

—Seguro que puedes contratar a una sustituta por medio de una agencia.

Brody frunció el ceño.

–No me gusta conocer gente nueva.

–Yo soy nueva, y te caigo bien.

–Eso es porque me di cuenta de que Wade estaba locamente enamorado, y no hay forma de librarse de ti.

Wade se acercó a Tori por detrás y la agarró de la cintura. Ella se inclinó contra él, buscando su calor en la fría noche.

–Tienes que abrirte más a nuevas posibilidades –le dijo a su hermano–. Nunca sabes qué puedes encontrar. A lo mejor aparecen cosas maravillosas cuando menos las esperas.

Brody los miró a los dos y sacudió la cabeza.

–La gente enamorada es insoportable.

–Insoportablemente feliz –dijo Wade, dándole un beso a Tori justo debajo del lóbulo de la oreja.

El contacto le desencadenó una descarga que la recorrió de arriba abajo. Quería soltar su canasta de huevos y llevárselo a la caravana.

–Insoportablemente feliz por siempre jamás –dijo.

Deseo™

Paraíso de placer
KATE CARLISLE

¿Ciclo de ovulación? Comprobado. ¿Nivel de estrógenos? Perfecto. Ya nada podía impedir que Ellie Sterling se quedara embarazada en una clínica de fertilidad. Nada, excepto la oferta de su buen amigo y jefe: concebir un hijo al modo tradicional.

Aidan Sutherland no deseaba convertirse en padre. Solo pretendía impedir que su mejor empleada y futura socia abandonara la empresa. Pero el romántico plan a la luz de las velas diseñado para retenerla se transformó en puro placer. Tras una noche con Ellie, el seductor millonario se sintió confuso y, aunque pareciera increíble…, ¿enamorado?

Preparados, listos… ¡Ya!

Acepte 2 de nuestras mejores novelas de amor GRATIS

¡Y reciba un regalo sorpresa!

Oferta especial de tiempo limitado

Rellene el cupón y envíelo a
Harlequin Reader Service®
3010 Walden Ave.
P.O. Box 1867
Buffalo, N.Y. 14240-1867

¡Sí! Por favor, envíenme 2 novelas de amor de Harlequin (1 Bianca® y 1 Deseo®) gratis, más el regalo sorpresa. Luego remítanme 4 novelas nuevas todos los meses, las cuales recibiré mucho antes de que aparezcan en librerías, y factúrenme al bajo precio de $3,24 cada una, más $0,25 por envío e impuesto de ventas, si corresponde*. Este es el precio total, y es un ahorro de casi el 20% sobre el precio de portada. ¡Una oferta excelente! Entiendo que el hecho de aceptar estos libros y el regalo no me obliga en forma alguna a la compra de libros adicionales. Y también que puedo devolver cualquier envío y cancelar en cualquier momento. Aún si decido no comprar ningún otro libro de Harlequin, los 2 libros gratis y el regalo sorpresa son míos para siempre.

416 LBN DU7N

Nombre y apellido	(Por favor, letra de molde)
Dirección	Apartamento No.
Ciudad	Estado	Zona postal

Esta oferta se limita a un pedido por hogar y no está disponible para los subscriptores actuales de Deseo® y Bianca®.
*Los términos y precios quedan sujetos a cambios sin aviso previo.
Impuestos de ventas aplican en N.Y.

SPN-03

©2003 Harlequin Enterprises Limited

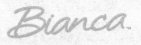

Solo iba a tomar lo que le correspondía

Reiko Kagawa estaba al corriente de la fama de playboy del marchante de arte Damion Fortier, que aparecía constantemente en las portadas de la prensa del corazón, y del que se decía que iba por Europa dejando a su paso un rastro de corazones rotos.

Sabía que había dos cosas que Damion quería: lo primero, una pintura de incalculable valor, obra de su abuelo, y lo segundo, su cuerpo. Sin embargo, no tenía intención de entregarle ni lo uno, ni lo otro.

Damion no estaba acostumbrado a que una mujer hermosa lo rechazase, pero no se rendía fácilmente, y estaba dispuesto a desplegar todas sus armas de seducción para conseguir lo que quería.

Terremoto de pasiones

Maya Blake

Exquisita seducción
CHARLENE SANDS

Para la actriz de Hollywood Macy Tarlington, lo único que tuvo de bueno subastar los bienes de su madre fue disfrutar viendo a Carter McCay, el alto texano que había comprado uno de los anillos. Y, todavía mejor, que este la rescatase de los paparazzi cual caballero andante.

Carter se la llevó a su rancho, donde ocultó su identidad por el día y la deseó por la noche. Se había cerrado al amor, pero no podía dejar de fantasear con ella. Macy era demasiada tentación, incluso para un vaquero con el corazón de piedra.

¡Vendido al sexy vaquero! **[2]**

¡YA EN TU PUNTO DE VENTA!